沖縄戦を生き抜いて

小澤高子さんの記録

奥谷三穂

芙蓉書房出版

はじめに

奥谷　三穂

この本を手に取っていただきありがとうございます。はじめにまず、私と小澤高子さんとの出会いについてお話させていただきます。

小澤高子さんとは令和四年（二〇二二）八月一五日の終戦記念日に、京都市東山区の京都護国神社で初めてお会いしました。小澤さんは沖縄戦の体験者として慰霊式典に参列されていて、「沖縄京都の塔奉賛会」の植田喜裕理事長からご紹介をいただきました。

帰りのタクシーに同乗させていただいた際に、私が京都府立大学の学生たちと一緒に毎年八月の「沖縄慰霊の日」前後に沖縄へ行き、慰霊碑の調査をしていることをお話ししました。

すると「自分にもお話したいことがたくさんあるんよ。是非聞いてほしい」とおっしゃったのです。そこで後日改めてお話を伺う約束をするために「ＬＩＮＥ」の交換をしました。小澤さんは、ご年齢を感じさせないほどおしゃれでとてもしっかりされていて、「ＬＩＮＥ」も絵文字入りですばやくお返事が来るのです。

最初にお話を伺ったのはまだ残暑の厳しい九月の終わりでした。場所は左京区の檀王法林寺でした。このお寺さんは、沖縄との縁の深い袋中上人が慶長一六年（一六一一）に開山したと伝わり、日頃から沖縄戦の展示や沖縄文化の発信などを熱心にされており、以前から小澤さんも懇意にされていたので、聞き取りさせていただく場所としてふさわしいと思ったからです。ご住職の信ケ原雅文様にご相談しましたところ、快く場所を貸してくださいました。

初めてのその日小澤様にお会いすると、小澤さんの息子さんが重そうな鞄を持って一緒に来られていました。その鞄の中には小澤さんの戦後の記録が記されたノートや数々の資料、写真やＤＶＤなどがいっぱいに入っていたのです。

「いったい何から話したらよいのやら……」と戸惑っておられましたが、小さい頃のことなど思い出されたことからお話しいただいて、少しずつ書き留めていくことにしました。そしてまた思い出されたことがあれば、行きつ戻りつしながら、ゆっくりと何度もお会いしてお話を伺っていくことにしました。

「できれば何らかの形で冊子か本などにしてまとめたい」という小澤さんの思いに、どこまで応えてあげられるのか、私にそれができるのか……、あれこれ考えるとあまり自信はありませんでしたが、それでも「今お話を伺っておかないと」という思いだけで聞き取りを始めました。

誕生の地サイパンから沖縄へ、沖縄戦を生き抜いて大阪へ、そしていろいろな縁が結び合って京都へと、その時その時にそうせざるを得なかった事情と選択が、小澤さんと出会った人々とを結びつけ、その地、その場所へと運んで行ったのです。

そのたびにいろんな苦悩があり、家族の形が様々に変わっていったものの、いつも小澤さんは明るく強く生き抜いてこられました。

その「芯」となっていたものはいったい何だろうと不思議に思いながらお話を聞かせていただきました。結果的に小澤さんの「自分史」のようになり、多分に個人的な内容が含まれていますが、あえてそのままにし、戦争から今日までを生き抜いてきた人の一生を、できるだけそのままにお伝えすることとしました。小澤さんは有名人でもなく特別な活動をされた方でもありません。

でも、誰のどんな人生も、人に語って感動してもらえるような劇的な日々ばかりではありません。むしろ、何気ない日常、時間、語り合わなくても分かり合える家族や友だち……そうした何でもない空気のように意識もしない時や場所、人との交流こそが、本当は自分の生きるしなやか力になっているのではないでしょうか。戦争の時代を生き抜いてきた人だからこそ身につけられた生きる技とかしなやかさとか、そんな何かを感じ取っていただければ幸いです。

＊本書の第一部「誕生から終戦まで」と第二部「戦後の暮らしから今日まで」及び補足資料は、筆者が小澤高子さんのお話を聞き取り、小澤さんの了解を得て補足部分を書き加え執筆したものです。第三部「解説と資料」は、筆者のこれまでの調査等に基づき執筆しました。また、写真・図版などで特に表記のないものは「小澤高子所蔵」です。

平和を願って

小澤　高子

昭和二十年八月十五日。太平洋戦争終焉のまぎわ沖縄決戦の頃、私は、まだ小学生でした。戦火を逃れ命を守るため村人達や家族に連れられ、壕から壕へと逃げ回っていた時に見た、あの忌まわしい様々な光景は今なお脳裏に焼き付いています……。

子供ながらに、なぜ同じ人間が殺し合わなければならないのだろうか？　と戦争の悲惨さをひしひしと感じて居りました。

壕の中で肺炎を患い高熱にうなされ生死の境をさまよっていたとき、自分の危険も顧みず必死の手当で救って下さった、やさしい〝金野衛生兵さん〟私の命の恩人です！

ほかにも親切で優しい兵隊さんは何人も居ました。

皆んな同じ人間同士なのに戦争や軍隊の厳しい規律や命令が様々な残忍非道な行為を強いるのです。

沖縄には「ぬちどぅたから」という言葉があります。命は宝なので、どんな時も一番大事にしなければならないという意味です。

今なお、世界の何処かで戦禍が絶えません、本当に悲しい事です、もう戦争はいやです……。一日も早く平和の女神が訪れ、全世界そして全人類が平和を愛し戦争の無い世の中になるよう、切に切に祈って止みません。

沖縄戦を生き抜いて
小澤高子さんの記録

目次

第1部

誕生から終戦まで

小澤高子（私）

昭和12年4月2日　サイパン生まれ

満86歳

私が生きたサイパン・沖縄・大阪・京都

サイパンから沖縄へ

サイパンから沖縄へ（昭和一二年～一七年）「大城高子」誕生

私は、昭和一二年（一九三七）四月二日に南の島サイパンで生まれました。

当時、サイパンは日本の統治下にあったため、サイパンのあるマリアナ諸島をはじめカロリン諸島、パラオ諸島、マーシャル諸島の島々も日本が占領していました。これらの南洋諸島には多くの日本人が入植し、製糖工場や鉄道などもできて、活気がありました。

実父（小林五二）は、明治四〇年（一九〇七）に京都市の北の方にある現在の京北町山国に生まれました。電気工事の技師として働いていましたが、兵役検査で身体の負傷のため兵隊には取られず、電気関係の技師としてサイパンへ赴任しました。何年のことかは、はっきりわかりませんが昭和一〇年頃ではないかと思います。

実父はその時すでに京都の呉服店の娘さん（正子さん）と結婚をしていたのですが、養子として縁組をしたので姓は「小田」でした。夫婦で一緒にサイパンへ渡り、「小田電気

サイパン島の地図

一九五一年当時のガラパン町市街地図。公会堂の南側に「小田ラジオ」とある
（沖縄県立図書館資料より）

サイパンの小田電気工業所と小林五一（実父）（昭和12年頃）

工業所」というお店を開いていました。

場所は、ガラパン町にあったサイパン支庁の近くで、中心市街にあったようです。

やがて男の子が生まれたので、正子さんは子どもを連れて京都へ里帰りをしました。ところが正子さんの両親は「五一は甲斐性がないしサイパンで暮らすよりこっちにいた方がいい」と強く引き止めました。

正子さんはサイパンへ帰りたくて何度も港まで出かけて行ったそうですが、お店の番頭さんに見つけられて引き戻されてしまいました。

そしてとうとう離縁させられてしまいました。実父の姓はその時の「小田」のままで、サイパンで一人になってしまいました。

実父は電気店を営んでいましたからお店の手伝いをする人を雇っていました。それが私の母（ツル子）の妹（花子）でした。

しかし、実父は一人身になってしまいましたので、お店のことと生活のことなどいろいろと大変になったので、妹に変わって母が手伝いに行くようになりました。

母の姓は大城（おおしろ）といい、沖縄の糸満からおじい、おばあと、母の妹二人の五人が一緒に移民として来ていたのです。サイパンには当時沖縄から多くの人たちが移民としてきていました。こうして小田電気工業所で母と実父が出会うことになったのです。

母は沖縄の出身でしたから訛りがあり「おだでんきてん」という発音が「おらでんきてん」になってしまい、いつも実父に叱られていたそうです。

母は次第に実父と仲良くなっていきました。そして、正式に結婚する前に妊娠してしまいました。それを知った母の父母（おじい、おばあ）は大反対をし、大変な騒ぎになってしまったそうです。

しかし母は、初めての子でもあるのでどうしても産みたくて、一人でなんとか苦労を乗り越えて無事女の子を出産しました。

それが私、高子です。昭和一二年の四月二日に生まれたのです。

ところがおじい、おばあは実父の子として認知することを許さず、自分たちの娘として籍を入れてしまったのです。ですからその時の私の姓は「小田」ではなく「大城」だったのです。

「大城高子」である私はその後、サイパンから沖縄へ渡り、戦争を乗り越えてのち、新しい家族として戸籍を作り「徳田高子」になっていきます。今は「小澤高子」です。姓も度々変わり、家族も変わっていきます。なぜそんなに姓が変わったのか？　その経緯はこれから順に話していきますね。

私がサイパンにいたのは昭和一七年までで、まだ五歳でしたのでサイパンでのことはあまりよく覚えていませんが、現地の人とよく遊びました。それから、マンゴーやパイナップル、バナナなどの果物もいろいろあって美味しくて、たくさんもらいました。お米はできなかったので買っていました。

でも、昭和一六年一二月八日に日本軍が真珠湾を攻撃してから戦況が日に日に厳しく伝

兼城小学校へ入学

えられるようになってきたため、昭和一七年三月に母の実家のある沖縄の糸満市賀数へおじい、おばあ、母、母の妹二人の六人と一緒に戻ることとなったのです。

実父はそのままサイパンに残って仕事をしていましたが、日常生活の世話をする女性（侑子さん）と内縁の関係となり、やがて夫婦になりました。そうしたことは当時としてはめずらしいことではありませんでした。私は子どもでしたので、特になんとも思っていませんでした。

実父はその後、激しい戦禍を逃れて生き延び、昭和二一年頃に侑子さんと一緒に本土の京都へ帰ったようです。サイパンは玉砕したと聞かされていましたので、生きているとは思っていませんでした。

実父との再会についても後ほどお話します。

サイパンから沖縄へ渡った私は昭和一七年から、おじい、おばあの家のある糸満の賀数で六人で暮らし始めました。まもなく母の妹の一人、ヨシ子さんは結婚して大阪の大正区へ移りました。

そして、七歳になった私は昭和一九年に兼城小学校へ入学しました。

小学校の同級生はみな、沖縄の方言（しまくとぅば）を使っていました。私はサイパンでは標準語で話していたため、当時の沖縄の人たちが話す言葉がわからず、学校の子どもたちからからかわれたりなじられたりして、ちょっと辛い思いをしていました。

そこでおじいが三線（サンシン）で歌う沖縄民謡から方言を覚え、次第に読み書きもできるようになりました。

ところが、当時の小学校では標準語を教育の場で用いようとしていたので、方言でしゃべってしまった同級生の子たちは、罰として「方言札」を首から掛けられていました。

そんな状況の中で、沖縄出身の先生も標準語がわからず、逆に私に聞いてくるほどでした。「しまくとぅば」なのか標準語なのか、いったいどの言葉でしゃべればいいのか、入学早々大変な毎日でした。

徐々に戦禍が激しく（昭和一九年〜二〇年）

入学当時の昭和一九年四月頃はまだそれほど米軍の攻撃もありませんでしたが、一〇月一〇日に那覇市内が集中的に攻撃された「十・十空襲」の頃から糸満市にも攻撃が及ぶようになりました。もう授業どころではなくなって、学校の近くの防空壕に入っていることが多くなりました。

小学校の屋根の後ろにいた一級上の子や隣の家のおじさんも空襲を受けて亡くなりました。ダダダンと音がしたかと思ったらすぐに倒れて、すでに息がありませんでした。

自分たちの賀数地区の周りでは学童疎開はしませんでした。

でも、那覇市内を中心に対馬丸などの船で学童疎開をするように通知が出回っていたようです。対馬丸が撃沈された話も事故後に大人から聞いて知っていましたが、子どもだったのであまり実感はありませんでした。

しかし、戦後ずいぶん経ってから京都の沖縄県人会で偶然にも対馬丸に乗っていて生き残った「石垣さん」という方と出会い、いろいろとお話を聞くうちに、それがいかに悲惨でむごたらしく、海に投げ出されてから生き延びることができた人はごくまれで、奇跡的なことだったとわかりました。石垣さんとは、懐かしく沖縄のことなどいろいろと話をする中で長く交流が続きました。

対馬丸事件については、後ほど「思い出ひとつ」の中で詳しく紹介します。

昭和二〇年一月ごろからますます戦闘が激しくなってきたため、近くのガマ（自然壕）に移りました。

だんだんとそこも危なくなってきたので南の方の真壁のガマへ移りました。昼間は攻撃されるので夜の間に移動しました。

四月頃には米軍の艦隊が糸満沖にも来ていて、艦砲射撃も始まりました。ドーン、ドーンと地響きがするほど大きな音がしておびえていました。

座波にいた在所の兵士（沖縄防衛隊）が「南の米須方面は危ないよ」と教えてくれたので、南へ行くのはやめて自分の所のガマへ引き返そうとまた移動しました。

その途中には兵士や住民の死体がゴロゴロと転がっていて、頭のない人がいたり手のない人がいました。倒れた兵士が水をくれ〜と自分の足を引っ張ったりしました。

それはもう恐ろしい地獄のような様子でした。でも自分ではどうすることもできず、「ごめんなさい」と振り払って家族と離れないように逃げまどいました。

四月頃に自分たちの賀数の防空壕にたどり着きました。一〇人くらいの親戚だけで隠れていました。昼間はじっとしていて、用を足しに行くのは夜中でした。その際に照明弾で見つけられて射撃され亡くなった人もいました。

食べるものはサツマイモの蒸したものだけで、サトウキビ畑も焼け野原になって何もありませんでした。水は井戸まで這って行って水汲みをしたり、そこで体をちょっと拭いたりしていました。そうしたこともすべて夜中にしました。

爆撃される那覇市内の様子（沖縄県公文書館所蔵）

私が戦禍を逃げまどった糸満市

時折、夜空に放たれる照明弾が辺りを昼間のように照らし出しました。するとあちこちにたくさんの遺体が横たわっているのが見えました。敵に見つからないように、急いで地面に伏して、死んだふりをしました。

思い出ひとつ

対馬丸のこと

昭和一九年（一九四四）八月二二日、沖縄から長崎へ向かう学童疎開船「対馬丸」が、鹿児島県悪石島北西約一〇㎞の地点で米軍の潜水艦ボーフィン号の魚雷攻撃を受けて撃沈されました。

学童、教師、一般住民、兵員等一七八一名が乗船していましたが、学童七八四名を含む一四八四名が死亡しました（二〇一八年八月二二日現在判明分）。

当時、救助された人々は対馬丸が撃沈された事実を話すことを禁止されました。死亡者や生存者に関する詳しい調査も行われず、沖縄に残された家族は正しい情報を伝えられませんでした（沖縄県公文書館資料より）。

対馬丸の遭難のことは当時、大人たちが話しているのを聞いていましたが、子どもだった私には実感がありませんでした。その後、実際に対馬丸に乗っていて生き残られた方にお会いしたり、那覇市の対馬丸記念館に行ったりするうちに、それがどんなに悲惨でむごたらしい事件であったかを知り、今も慰霊の気持ちが深くあります。

平成一九年（二〇〇七）に沖縄へ墓参りに帰った際には対馬丸記念館を訪問しました。その時には当時の館長である高良政勝さんにお会いすることができなかったのですが、わずかながらの寄附と手土産をお渡しして宿泊先のホテルに戻りました。

するとその後、高良館長さんがホテルを訪ねてくださり、『水に流せない過去—対馬丸洋上慰霊祭に参加して—』という冊子を渡してくださいました。残念ながらその時も私が外出していたのでお会いすることができませんでしたが、ご丁寧に訪ねてくださった高良館長様のお気持ちをしっかりと受け止めさせていただきました。高良さんも当時四歳の時に対馬丸に乗っておられ、九死に一生を得られた方でした。

その後、「劇団結い座」が対馬丸を題材にした舞台を、全国各地の子どもたちと一緒に演じる公演をされていることを知り、檀王法林寺（だんのうさん）の先代のおつれあいで保育園の園長先生「千恵子先生」もそれに協力されていたので、私も一緒に応援しました。

平成二二年（二〇一〇）には、京都市伏見区の呉竹文化センターで「命こそ宝—ぬちどぅ・たから　沖縄学童と疎開船対馬丸」が開催され、講演に向けた子どもたちの練習の様子が新聞に報道され、平成二三年（二〇一一）には、那覇市のパレットくもじのパレット市民劇場で公演されました。

この対馬丸のことも語り継いでいかなければいけないと思っています。

（上）対馬丸記念館（那覇市若狭）
（下）記念館裏手の旭ケ丘公園に建立された「小桜の塔」。対馬丸遭難学童の名前が刻印されている。　　　（2023年6月24日筆者撮影）

命の恩人

衛生兵の金野さんに助けられ

昭和二〇年五月の初めころに座波のガマにたどり着きましたが、そこで私は肺炎にかかってしまい高熱で倒れてしまいました。

三〇〇人近くの人が避難している窮屈なガマの中で医者もおらず途方に暮れていました。するとと母は、賀数の家にいた時に家の裏に陣を張っていた兵隊で家に出入りして私を可愛がってくれた金野英二《こんのえいじ》さんという衛生兵のことを思い出しました。

まだ戦闘が激しくなる前のこと、二〇人くらいの兵隊が家に出入りしていました。賀数の屋敷は家周りが広かったので、畑を作っていました。サツマイモの他にオクラやえんどう豆もたくさんでき、兵隊たちがそれを採って食べていました。

兵士たちは飯盒《はんごう》でお米を炊いたりもしましたが、お米がないときはサツマイモだけを食べていました。たまにお米がある時は、炊きあがってすぐの白いご飯をちょこっとすくっ

て、私に食べさせてくれたりもしました。みんな優しくてくれました
庭には井戸もあったので、そこで水浴びをしたり、ふんどしを洗って干したりしていました。たくさんのふんどしが干されて風に揺れていたのを思い出します。

家族には男の子がいなかったので、その頃の母やおじいは兵隊さんたちを息子のように思って、サツマイモを炊いて食べてもらったり、栄養になるからといって鶏を潰して食べさせたりしていました。家にはミシンもあったので、軍服の繕いや寸法直し、アイロンあてなどもしてあげていたのです。

そんな中で私は金野さんによく遊んでもらっていました。ある時、兵隊たちが家のおくどさんに腰かけてイモを食べていました。おじいがそれを見て「おくどさんは火の神様がおられるのに、何をそんなところに座って〜」と大声で叱ったことがありました。私は陰から、「あぁ叱られてるわ……」と笑って見ていたこともありました。

母は高熱で倒れた私を介抱しながら、そんな金野衛生兵のことを思い出

衛生兵の金野英二さん（右）

したのです。

五月三日の深夜、母は近くの陣地へ助けを求めに行きました。

金野さんは当時二八歳で衛生兵長をしており、日本軍総反撃の決戦を明日に控えて大事な作戦会議中だったのですが、すぐに抜け出して私のいるガマへ来てくださいました。

そして様子を見てすぐに肺炎だと診断して、注射と投薬を施してくださいました。

金野さんは「もう会えないかもしれないけれど、死ぬんじゃないよ、きっと生きるんだよ」と声をかけて陣地へ戻っていきました。

私は投薬のおかげで一命を取りとめることができました。

金野さんとはその後生き別れになっていました。生きておられるのかどうかもわからず、終戦後、私は命の恩人である金野さんの消息を求め続けていました。小学校の丘の上に立って、たくさんの捕虜兵の中に金野さんがいないか毎日探していたのです。

ある時、私あてに米軍の菓子袋が届きました。私はきっとこれは金野さんからのものだと思い、金野さんが生きていることを確信したのです。

その後しばらくは戦後の混乱の中で生きることに一生懸命で、就職、結婚、出産とあわただしく日常事に振り回されていました。

そして、私が金野さんと再会できるのは戦後二六年も経ってからになります。そのお話は後ほどたっぷりとさせていただきます。

戦禍から生き抜いた私

昭和二〇年六月の終わりごろ、日本軍が負けて戦争が終わったことは米軍のビラで知っていました。

ガマに隠れていると米兵が五、六人で入り口までやってきて、「デテコイ、デテコイ」と日系二世の米兵がカタコトの日本語で呼びかけてきました。出て行ったら絶対に殺されるからとみんなでじっとしていると、今度は「バクダンヲイレルゾ」と脅されました。

中にいた親族たちは米兵に騙されているだけだから出ていってはいけないと止めましたが、気丈な母はガマから出て行って、米兵とやり取りをし、絶対に殺さないという交渉をしてガマに戻ってきました。母は標準語が話せたので日系二世の米兵にも言葉が通じたのです。沖縄の方言ではいかに日系二世といえども言葉が通じなかったと思います。

ガマに戻ってきた母は、「ここにいても殺されるだけなので、信じて出ていきましょう」とおじいとおばあも説得して一緒に外に出ていきました。こうして、私たちは捕虜になったのです。

出ていくとすぐに米兵はチューインガムとチョコレートをくれました。親族たちは「食べんとき」と言っていましたが、米兵はそれを私たちの前で食べて見せたので私たちも食べました。とても甘くておいしかったのを覚えています。

母はガマの中で出会った日本の兵士から預かっていた写真や家族への手紙、自分のお金、

米兵に収容された住民が尋問を受けている様子（沖縄県公文書館所蔵）

サイパンの私の実父の写真などをいつも腹巻の中に入れて体に巻き付けていたのですが、捕虜になった時にとても慌てていて、それをガマに忘れてきてしまいました。取りに帰ろうにも危険なため帰ることができずそのままになってしまったため、後になってからも「ああ……あの腹巻を持ってこれなかったぁ」とずっと悔やんでいました。

戦後になって摩文仁の丘の平和祈念公園へ行った時に、平和の礎《いしじ》にその兵士の方のお名前「塩崎又男」さんの刻印を見つけました。大阪府の方でした。やはり亡くなられたんだと言って「申し訳ない…」ととても残念がっていました。改めてご冥福をお祈りします。

米軍捕虜収容所

捕虜収容所での生活・オリオン座のこと

捕虜収容所はやんばる（山原・沖縄本島北部のこと）にあったのですが、具体的にどこの場所だったかは覚えていません。トラックに乗せられて行きましたが、その後も何度か移動し、だんだんと南の方へ向かっていきました。

その頃のやんばるには、まだ日本兵が山の中に残っていて、夜中に収容所の食料を略奪しに来ました。母は日本兵に向かって「これは小さい子の食べるもんやからみんな持っていったらあかん」と果敢にも立ち向かいました。

すると日本兵は、「自分たちは沖縄を守るために戦いに来たんや」と反抗しましたが、中には「そうか、あんたらにも子どもがいるんやな」と半分くらい置いていった兵士もいました。

収容所にいた人たちは沖縄の言葉しかしゃべれないので、こうしたやり取りができず、母はいつも気丈に前に出ていって、こうしたやり取りをしていたのです。

子どもだった私は米兵とも親しくなり、チューインガムやキャラメルももらえるので、収容所では苦労というよりもそうしたことがとても楽しかったのを覚えています。

収容所はどこも食べるものが十分でなく、みんな殺伐として捕虜になった兵隊さん同士で争いごとも度々起こっていました。

牧港捕虜収容所での米兵と子どもたち（大竹清太郎さんの写真）

そんな中で宜野湾市の牧港にあった捕虜収容所では、「にわか劇団」ができていたそうです。これは戦後に沖縄戦を生き抜いた人たちで立ち上げた「なわの会」の大竹清太郎さんや野間浩二さん、金野英二さんたちから聞いた話です。

「なわの会」の関友松さんの手記によれば、昭和二〇年夏の終わりに石川捕虜収容所に入ったところ、「星都劇場」という舞台ができていて「権三と助十」という演目が演じられていたそうです。

また、佐藤良治さんの手記によれば、石川捕虜収容所に入れられ、囚われの身として絶望と不安の日々を送る中で、誰かの発案でレーション（米軍の非常食）の空き箱を積み重ねて舞台とし、星空のもと、ボール紙で作ったアコーディオンや空き缶と鉄線で作ったギターを抱えて唄ったり駄弁ったりしているうちに、三浦さん（中村時三郎）の熱心な指導により演劇部ができていったとのことです。

作業が終わってから夜遅くまで練習を重ねて、毎週一度の舞台のために皆一生懸命だったそうです。捕虜という同じ境遇の中では、階級も身分もない素裸の人間の姿がこのような偉大なものを生み出していくのだろうか、と書き記しておられます。

山崎登さんの手記によれば、昭和二一年一月一八日に石川の収容所に入ったところ、芝居が行われていたそうですが、その後一月二六日に牧港捕虜収容所に移ったところ、そこでも芝居が行われていたとのことでした。石川から牧港捕虜収容所へ移動した際に、また芝居をやろうということになって、「オリオン座」の舞台ができたようです。

牧港の収容所では中村時三郎さんという女形の芸人の指導の下、沖縄や本土の人の中でも芸ができる人たちが一人二人と集まってきて、演劇部ができていったようです。

やがて仮設の舞台で定期的に公演を催すようになっていきました。小道具や衣装などすべて廃材や代用品での手作りで、空き缶を使ったカンカラ三線、ペンキに浸したロープを針金で形づくった鬘、落下傘の生地にレンガから色を出して染付をした衣装、花かんざしなども工夫して作っていました。化粧品は最初の頃は薬やペンキなどを使っていたそうで

オリオン座の舞台（沖縄県平和祈念資料館所蔵）

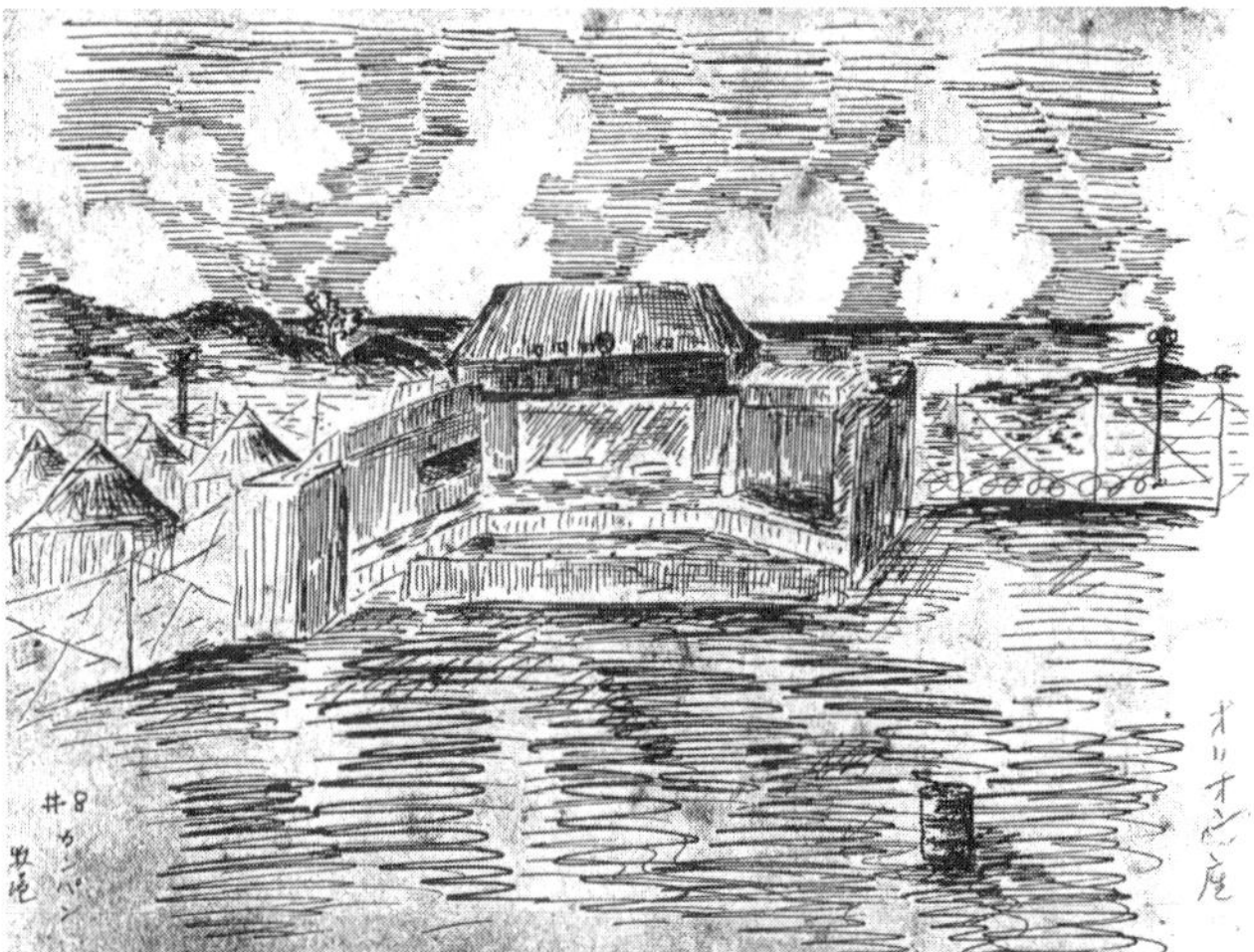

オリオン座のスケッチ。大竹清太郎画（京都府立大学所蔵）

オリオン座での中村時三郎さん（左）、金野英二さん（右）
（大竹清太郎さんの写真）

牧港収容所「オリオン座」２大隊演劇部（野間浩二記録）

回数	1	2	3	4	5	6	7	8	9	10	11	12	13	14	15	16	17	18	19	20	21	22	23	24	25	26
上演月	1月	2月	2月	3月	3月	4月	4月	4月	5月	5月	5月	6月	6月	6月	7月	7月	7月	8月	8月	8月	9月	9月	10月	10月	10月	11月
出演大隊	2	2	2	1・2・3合同	2	聯隊合同	聯隊合同	1	2	1	1	2	5	2	2	5	聯隊合同	2	3	1	1	合同	2	2	合同	合同
上演題名	明治一代女	婦系図（前編）	稽古扇	糊（うーみ）	風流深川小唄	「喜劇」夫婦読本	唄う狸御殿	丹下左膳	小指	恩讐小室峠	博多夜話	朧（おぼろ）夜	大利根月夜	意気地	団十郎三代	新月桂川	「喜劇」生馬の目抜	婦系図（後編）	阿波踊り（待っていた男）	上海の夜	花の東京	一つのりんご（小野山遠征劇）	残菊物語（前編）	残菊物語（後編）	人生劇場（青春編）	花の犯罪
配役	あんま	魚屋めの惣	船虫の鮫次	赤鬼の喜一	板前長三の兄	大工兄弟子松公	カチく山泥工門	門弟	箱屋源吉	目明シ剰吉	地廻りの親分長崎の松	紙屑屋木造	勢力富五郎	箱屋兼吉	市川アカンベ	南風千里之助	スリ（生馬の目抜）	魚屋めの惣	山田作十郎（用人棒）	地廻りの子分	地廻りの親分	新内流し	五代目尾上菊五郎	相撲の先乗り初三	大学生	南信二郎

オリオン座の上演記録（野間浩二さんのメモ）

すが、次第にドーランや紅が手に入るようになったそうです。元美大生の絵描きさんや舞台を作る大工さん、電気工事士の照明係など、それぞれの兵士がもともとの技術や能力を生かして、ひとときの青春をぶつけた舞台だったようです。

米兵たちは、最初は女の人でも連れ込んでいるのかと疑っていましたが、次第に一緒に「ジャパニーズゲイシャガール」の演劇を楽しむようになったそうです。そして、牧港捕虜収容所のウィリアムス中尉の厚意により数種類の楽器も寄付してもらえたそうです。

「なわの会」の野間浩二さんの記録によると、毎月三回程度、毎回新しい演目が上演されていたようです。野間さんが書き記しておられた演目のメモによれば、「明治一代女」、「風流深川小唄」、「博多夜話」、「団十郎三代」、「上海の夜」、「花の東京」など、華やかな題目が演じられていた様子がわかります。

野間さんについては戦後のお話の中で詳しく紹介します。

大竹さんも沖縄戦で捕虜になった方で、牧港捕虜収容所におられました。私は大竹さん

オリオン座のスターたち。左から2番目が金野さん、4番目が大竹さん（沖縄県平和祈念資料館所蔵）

牧港捕虜収容所にて
（大竹清太郎さんの写真）

野球チーム

相撲部

食事風景

とは戦後に「なわの会」で知り合ったのですが、大竹さんも金野英二さんも一緒に収容所で女形を演じたそうです。

しかし、牧港捕虜収容所に収容されていた人たちも、ようやく二年半くらい経ってから本土に引き揚げることになりました。その時の様子を書いた大竹清太郎さんのメモがありますのでここに少し紹介します。

「昭和二〇年沖縄牧港捕虜収容所でキャンプのＰＷ（捕虜の意味）の慰安にと歌舞伎女形の中村時三郎師が各大隊から選ばれた唱芸部員を本格的に芸の道へと指導しました。

夜のオリオン座の舞台が木頭と共に幕が引かれライトの明りに花道も映えて艶やかに麗しく又颯爽として唄に踊りに演技の素晴らしさに場内の観衆を沸かせました。ドラム缶に後方の客が上に乗って観劇して居りました。

牧港キャンプの皆さんがほとんど内地に帰還されたので残された少数の私達は一大隊に一括されて復員の日を待ちました。

その間、オリオン座の楽屋を覗いてみましたら、鬘は棚から地上に落とされ、衣装はあちこちに散らばって居り、華だった当時の様子を思い浮かべて感無量、涙が止まりませんでした。私が名古屋に上陸したのは昭和二一年一二月二五日でした」

（大竹さんの息子さん大竹愼一さんに、この本を執筆するにあたって連絡したところ、この時収容所にいた人たちが書かれたノートが送られてきました。これについては、第３部「解説と資料」でご紹介します。――著者）

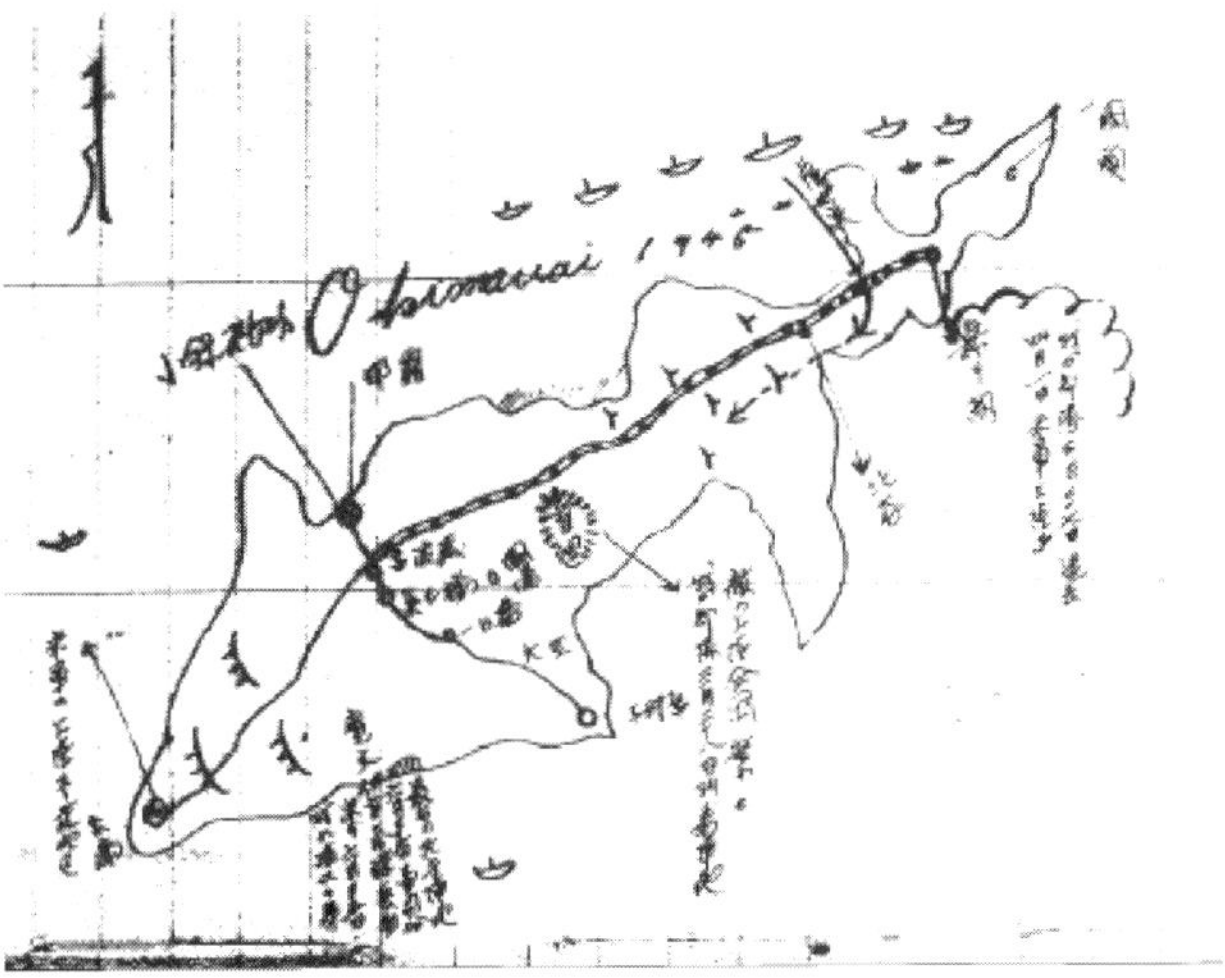

牧港捕虜収容所の兵士が書いた沖縄戦の地図。「Okinawa1945我が部隊3月27日退去　4月1日米軍上陸」などのメモあり。糸満から那覇、与那原、嘉手納までの軽便鉄道の路線図が書かれている。
（大竹清太郎さんの写真）

戦後開催された「なわの会」での大竹清太郎さん（右）と中村時三郎さん（左）

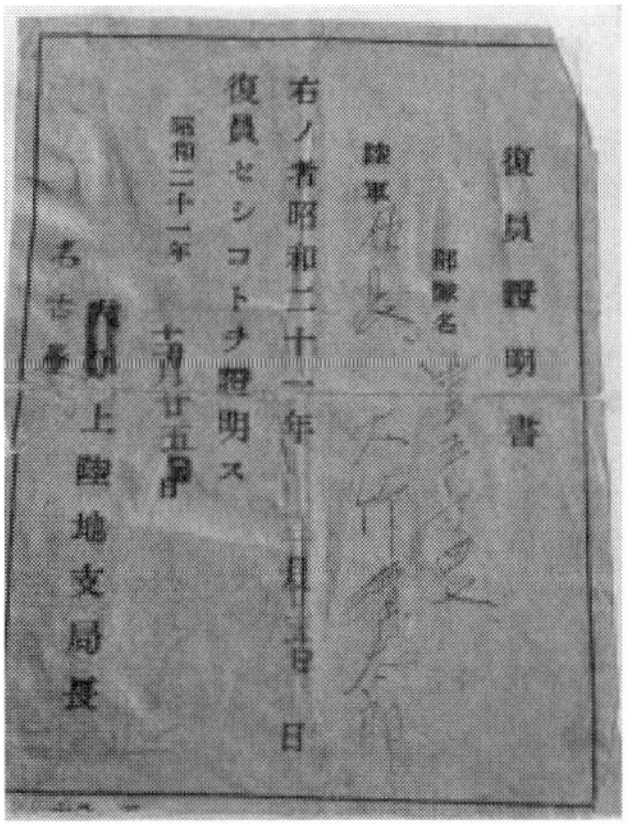

復員證明書
部隊名
陸軍
右ノ者昭和二十一年　月　日
復員セシコトヲ證明ス
昭和二十一年　二月廿五日
名古屋上陸地支局長

大竹清太郎さんの復員証明書

また、牧港捕虜収容所では、オリオン座の演劇の他に、相撲部や野球チームなどもあったそうです。戦地では米兵と生死を掛けた戦いをしなければなりませんが、収容所の中では敵味方の区別なく、演劇やスポーツを楽しんでいたんです。

また、大竹さんが復員された時の「復員証明書」の写真も預かりました。

「復員證明書
部隊名　臺五六四七
陸軍伍長　大竹清太郎
右ノ者昭和ニ十一年十ニ月廿五日
復員セシコトヲ證明ス
昭和二十一年　十二月廿五日
名古屋上陸地支局長」

この証明書があれば、日本全国の乗物がすべて無料だったそうですが、大竹さんが名古屋へ帰れたのは終戦から一年半も経ってからのことでした。

戦後はそうしたにわか芸人たちも故郷や本土へ散り散りになってしまいました。そこで、中村時三郎さんと本間信治さん、野村盛明さん、野間浩二さん、金野英二さんらが話し合って有志が集まり、何かやろうということになって、やがて「なわの会」が立ち上がります。「なわの会」については、戦後の話の中で詳しくお話します。

第2部

戦後の暮らしから今日まで

沖縄から大阪へ、そして京都へ

生活再建と母の再婚（昭和二一年～昭和三一年）

さて、ここからは戦後の生活再建の話になります。収容所を出てからその後のお話です。段々と南の方の収容所へと移動した私たち家族は、実家のあった賀数の近くの兼城小学校の収容所へ移りました。家はほとんど焼けて跡形もなかったので、大人たちまずは廃材でバラックを建てることからはじめました。私たち子どもはテントの中で走り回って遊んでいました。食べるものは相変わらず不足していましたが、少しずつ畑を耕し始めました。

そんな中、おじいとおばあはマラリアに罹ってしまいます。

女手一つで家を建てたり畑をしたりと大変な苦労をしている母に対して、近所のおじさんが結婚を勧めてきました。サイパンの父はすでに別の女性と結婚しており、サイパンは全員玉砕してもう誰も生き残ってはいないからと再婚を勧めてきたのです。

その男性は栃木県出身の日本兵で、太ももに弾丸が貫通し大けがをしたのですが一命を取りとめて、今はそのおじさんが面倒を見ているというのです。負傷した際には太ももから大量の出血があったのですが、おじさんが甕に保存していた塩と油と泡盛を混ぜたものを傷口に塗り込んで、ようやく助かったのだそうです。想像するだけで怖いほど痛そうだと思いました。

おじさんは、「おじい、おばあの世話をしながら家を建て、仕事をして子どもたちを養っていくには女手一つでは無理があるから男手があった方がいい」と、再婚を強く勧めてきたのです。

母は私に意見を求めてきましたが、私は「サイパンに父ちゃんがいるからイヤだ」と言いました。でも、母やおじい、おばあのことを考えたりしているうちにだんだんと考えも変わってきて、「いいよ」と泣きながら許しました。

その男の人は次第にいろいろと家のことを手伝ってくれるようになりました。ドラム缶で作ったお風呂に入れてもらったりしているうちに、だんだんと優しい人だということがわかり許せるようになっていきました。

その人は手先が器用で大工仕事ができ、私たちの家を建ててくれただけでなく、戦争で使われていた薬きょうを使ってハンコを作ったり、端材で下駄を作ったりもしていました。絵も得意で絵本も作ってもらいました。

そうして本当に私の父になったのです。

ただ、本土から来た日本兵だったため、本当は軍に申し出て帰還しなければならないところであり、近所には密告する人も現れたりしました。そこで探し出されることを恐れて、しばらくは豚小屋に隠れて暮らしていました。豚小屋にかくまっている時は、かわいそうやなあと思ったりもしました。

この頃に、戦争で戸籍が焼けて無くなってしまったので、臨時戸籍を作ることになりました。新しく父を迎えて、姓もこれまでとは違うものにしようと「徳田」という姓にしました。なんとなく裕福になれそうな名前だったからです。

そしてようやく、昭和二一年から小学校が始まることになりました。

学校といっても茅葺きの小屋で、お天気が良ければ青空教室でした。学校が始まったといっても、まずはグランドの遺骨拾いからでした。集落のあちこちにも遺骨が散乱していました。兵士のものか住民のものかもわからない状態でしたが、集めた遺骨は糸

茅葺きの小屋を再建する様子
（沖縄県公文書館所蔵）

満の賀数地区の住民で集めて、石垣で囲いました。慰霊碑のようなものは作りませんでしたが、区長を中心にみんなで慰霊の祈りをしました。

高校生の頃の思い出　美空ひばりさんが初めて沖縄に来た！

戦後の暮らしがこうして少しずつ落ち着いていき、中学校から高校へと進学しました。高校は、豊見城市にあった沖縄県立南部農林高等学校でした。

高校を卒業してから将来は何になろうかと考えていて、校内放送部にいたのでアナウンサーになりたいと思い、有線ラジオ局へ勉強のために通っていました。今でいうインターンシップみたいなものです。やがて練習を重ね天気予報なども放送させてもらいました。当時は島倉千代子がブームだったので曲の紹介などもさせてもらいました。社長さんがとても良い人で、自分のことも気に入ってくれて、いよいよ就職することになりました。

ところが、赴任先が沖縄の北部方面ということで下宿生活をしなければならず、母親は強く反対をしました。母の気丈さはよくわかっていましたので、絶対に許してもらえないと思い、しかたなく、私はアナウンサーの仕事を諦めました。

高校生の頃の思い出として一番楽しかったことは、昭和三一年、高校二年生の時に美空ひばりさんが沖縄に来てくださったことです。

当時すでに国民的スターになっていたひばりさんは、私と同い年でした。あこがれのス

美空ひばりさんの沖縄初公演の記念撮影。ひばりさんの右隣のセーラー服が私（昭和31年8月12日）

ター美空ひばりさんが初めて沖縄にきてくださるということは、私たち同年代の女子高生にとっては夢のような話でした早速ひばりさんの後援会にも入り、コンサートの日を待ち望んでいました。

ひばりさんは、沖縄の水が合わないからと水と梅干を持って来られたと新聞に書かれていました。

公演は本当に素晴らしく、ほんの一〇年ほど前まで戦争で焼け野原になり、みんな打ちひしがれていたことなど忘れてしまうほどに華やかでした。

自分たちの未来にパーっと光が差したような気がしました。コンサートの後に一緒に記念写真を撮っていただきました。ひばりさんの右隣りに横向きに座っているセーラー服姿の女子高生が私です。

公演の後、友達四人と一緒にひばりさん

が泊まっているホテルに押しかけ、ひばりさんがお部屋から出て来られるのを待っていました。でも、なかなか出て来られません。その時、知らない男の人が私たちのところにやってきました。

「みんな、ひばりさんを待っているのかい？　そんなに待っていても会ってもらえませんよ。せっかく待っていたのに残念だろうから」と言って私たちをレストランに連れていき、ケーキセットをおごってくださいました。

なんて優しい方なんだろう。私はその時にいただいた名刺を大事にしまっていました。名刺には「東洋タイヤ　上田剛三」と書いてありました。どうやら沖縄に出張に来ていて、たまたまひばりさんと同じホテルに泊まっておられたようです。

その後一〇年くらい経ってからのこと、京都に暮らすようになって少し落ち着いた頃に、やはりどうしてもあの時の方にお礼が申し上げたくて、名刺の電話番号に連絡を取りました。

もう会社にはおられないかもしれないと思っていましたが、なんとお返事が来て、私のことを覚えていてくださったのです。その方は名古屋におられました。そして私のいる京都の家までわざわざ来てくださったんです。その方は名古屋のお土産といって「守口漬」を持ってきてくださいました。

改めて沖縄でのお礼を申し上げて、本当に懐かしくあの時のひばりさんのことをいろいろと思い出しながら話しました。

その後上田さんは大阪府の豊中市や神奈川県川崎市などへと転勤をされましたが、その時々にお会いしたり年賀状をいただいたりと、ずっと親しくさせていただきました。その後ご病気で亡くなってしまわれましたが、ひばりさんのキラキラするような思い出とともに、見知らぬ私たちに親切に優しくしてくださった上田さんのことが忘れられません。

それから高校の時の大切な思い出がもう一つあります。

京北町の帰り、神戸港まで送ってくれた実父と

サイパンにいた父は、生きて無事に京都に帰っていました。京都の父から手紙が来て、京都に遊びに来るようにとあったので、夏休みにパスポートを取って京都市の北にある京北町の山国というところへ行きました。沖縄から神戸までは船で行きました。神戸からは汽車で京都駅へ移動し、そこからバスに乗って京北町へ向かいました。杉木立を抜けて杉坂や栗尾峠を越えてどんどんと山奥へ向かうのです。まだ今のようにトンネルもできてい

ませんでしたので、最初はいったいどんな山奥へ行くのかととても不安に思いました。

実父の家にはサイパンで出合って結婚した新しい妻（侑子さん）がいましたが、二人の間に子どもはいませんでした。侑子さんは家事をよくする優しい方で、私に新しい靴下を買ってくれたりしてとてもかわいがってくれました。

実父は「小田」の姓から元の実家の「小林」に戻っていました。

サイパンで生き別れになってしまった実父とこうしてまた元気に会えたことがうれしくてたまりませんでした。

思い出ひとつ

ウサンデーとさとうきびのこと

中学、高校の頃、父と母は那覇市内に住んでいました。おじいは一人で賀数に住んでいたので、私はおじいと一緒に暮らしていました。

その頃の思い出のひとつとして、ご先祖様の門中墓《むんちゅうばか》でシーミー（旧暦三月）やお盆の時に、お重に「ウサンミ」といって三枚肉やかまぼこ、ごぼうや大根などその時の野菜を煮たもの、天ぷらなどを詰めて親戚の皆でいただく「ウサンデー」という行事がありました。

そのお重のお料理を私が作って持っていったことがありました。

その時に門中の長老のおばあが「どんなん作ったんや。見しれ～」と言ってお重のお料理を一つひとつ点検するように味見したんです。私はドキドキして見守っていましたが、長老のおばあは「上等やさ～」と言ってくれました。私はほっとして、とてもうれしかったことを覚えています。

それから私は豆腐も自分で作りました。一晩水に浸けた大豆を石臼でゴロゴロと回しながらつぶし、それに浸けていた水を入れて大きな鍋で炊きます。布で絞ってニガリで固めるのですが、ニガリは買ってこないとなかったので、海まで行って海水をすくい、それを入れて固めました。上手に美味しく作ることができ、大人たちをびっくりさせました。

こんな風にして沖縄の日常が少しずつ戻っていきました。

またその頃、家でサトウキビを植えて黒砂糖を作っていました。

大きくなったらそれを刈って葉っぱを落として、リヤカーに乗せて近くの製糖工場へ持っていきました。サトウキビは私の背丈よりずっと高いので、秋口のまだ暑い中で刈るのは大変な作業でした。サトウキビの葉っぱは細かいトゲがあるので、それが体に付くと痒いような痛いような感じで大変でした。

砂糖工場は賀数の字で持っていました。地区の住民の共同作業所のようなところでした。そこで、持ち込んだサトウキビを機械を使って自分の家の分は自分で絞りました。機械に手が挟まれないように気を付けてしまいました。中にはそれで手を巻き込まれて大けがをした人もいたくらいです。まだ子どもなのによくそんな作業をやっていたなと思います。

糸満市賀数にある私たちの門中墓

糸満市のサトウキビ畑（2023年6月24日筆者撮影）

そして絞った汁を大きな鍋に入れて煮詰めていくと、だんだんと茶色くなってトロ〜っとしてくるんです。それをサトウキビにつけてチョロッと舐めると、とても美味いんです。それから箱に流してちょっと固まりかけたな〜っというところで、またちょこっとすくって舐めると、これがまたほんとに美味しいんですよ。固まったところで切って保存しました。それが一年分の黒砂糖になったのです。

新しい戸籍取得と大阪への移住
「徳田高子」に（昭和三二年〜昭和三五年）

昭和二八年頃、沖縄では戦後すぐの昭和二一年に作成した臨時戸籍では不十分だということで、正式な戸籍を作成することになりました。私たちの地区でも新しく戸籍を申し出るようにと役場から言われました。そこで、昭和三二年に家族の新しい戸籍を作ることになり、母と私、父とその後生まれた妹の四人が新しい戸籍に入りました。姓は臨時戸籍の時に決めた「徳田」のままにしました。

戸籍を新しく作り替えた理由がもう一つありました。

父の故郷である栃木県の実家では父は戦死したものとなっていて墓石まで作られていましたが、父には出兵する前に男の子がいました。父はその息子の写真をいつも大事に持っており、どうしているかだんだんと気になるようになってきていました。私は父ちゃんは栃木の人やから栃木の家族に会わせてあげたいと思っていました。私はこうして幸せに暮らしているのだから、父ちゃんの家族にも幸せになってほしいと思ったのです。

そこで、戸籍を新しくした上で本土へ移住し、栃木の実家にも報告して新しい家族で一から新しい生活を始めようと決意をしたのです。

こうして私たち家族は、父（清）と母（ツル子）、私と妹（清美）の四人でパスポートを取って、本土へ渡り大阪で暮らすことになりました。その頃沖縄から大阪へ出る人は多かったですし、母の妹が戦前から大阪の大正区に暮らしているので頼りにすることができました。母が大阪の町が好きだったということもありました。それから、京都の京北町にいる実父にも会いたいと思っていましたので、その近くに住みたいという思いもありました。

その時に発行されたパスポートには、一九五七年三月二二日付で「本証明書添付の写真及び説明事項に該当する琉球住民徳田高子は永住のため日本へ旅行するものであることを証明する」と琉球列島民政副長官DEPUTY GOVERNOR「Donald W. Browu」の名で書かれています。沖縄はまだアメリカの統治下にあり、日本は外国だったのです。

そして大阪へ渡った私は天王寺にあった「伊賀屋ふとん店」に就職しました。

その時「伊賀屋ふとん店」では、一人の社員募集に何倍もの人が応募していて狭き門だったのですが、幸いなことに標準語も話せアナウンス志望だったこともあり、宣伝好きな社長に見込まれて採用され、広報を担当しました。

「三国一の花嫁に、天王寺駅前伊賀屋ふとん店、伊賀屋ふとん店♪〜」という自分の声

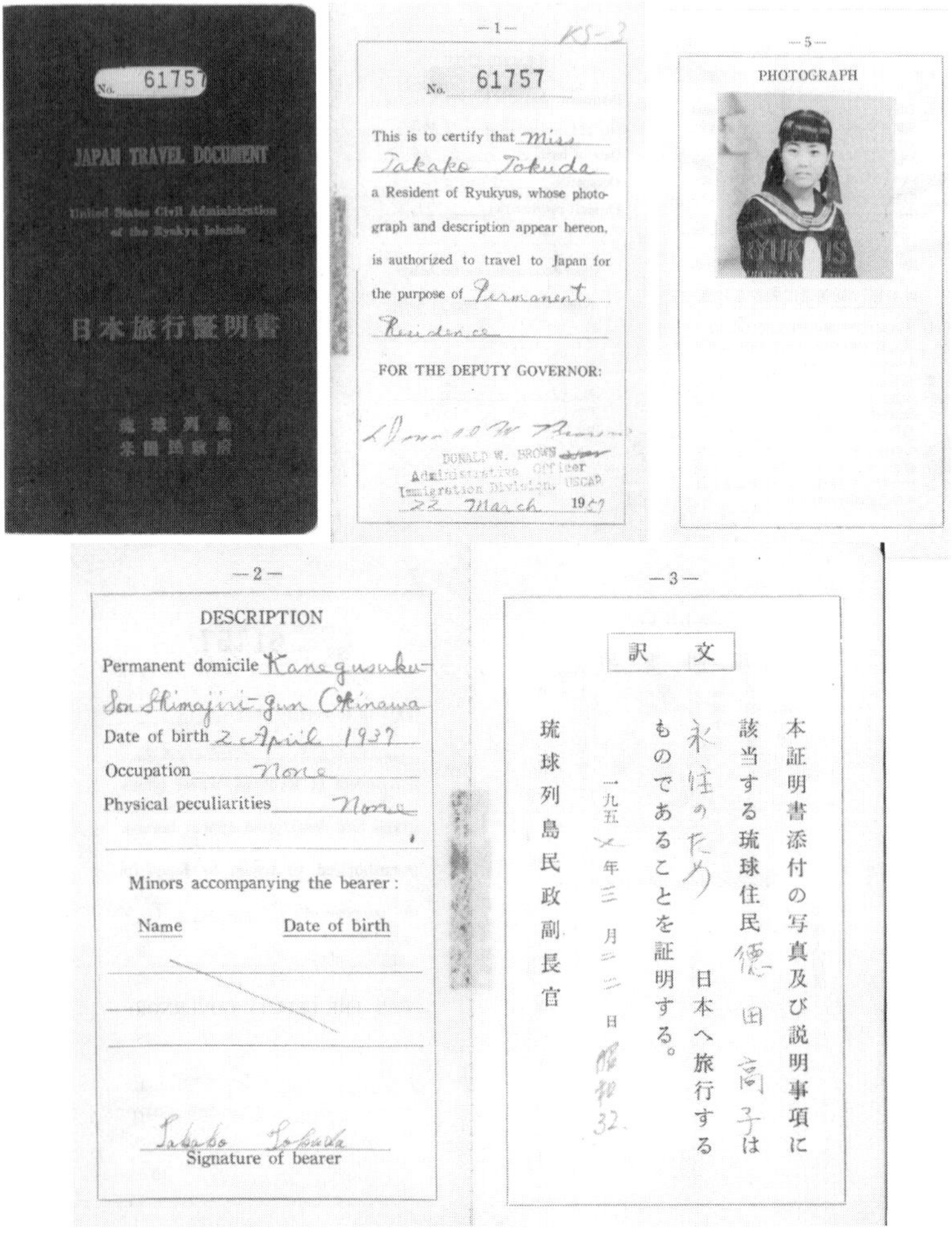

No. 61757

JAPAN TRAVEL DOCUMENT

United States Civil Administration of the Ryukyu Islands

日本旅行證明書

琉球列島
米國民政府

—1—

No. 61757

This is to certify that Miss Takako Tokuda a Resident of Ryukyus, whose photograph and description appear hereon, is authorized to travel to Japan for the purpose of Permanent Residence

FOR THE DEPUTY GOVERNOR:

DONALD W. BROWN
Administrative Officer
Immigration Division, USCAR
22 March 1957

—5—

PHOTOGRAPH

—2—

DESCRIPTION

Permanent domicile Kanegusuku-Son Shimajiri-gun Okinawa

Date of birth 2 April 1937

Occupation None

Physical peculiarities None

Minors accompanying the bearer:

Name　Date of birth

Takako Tokuda
Signature of bearer

—3—

訳　文

本証明書添付の写真及び説明事項に該当する琉球住民徳田高子は永住のため日本へ旅行するものであることを証明する。

一九五七年三月二二日　昭和32.

琉球列島民政副長官

1957年3月22日付で発行されたパスポートと「徳田高子」の顔写真。FOR THE DEPUTY GOVERNOR「Donald. W. Brown」の署名がある（上）。「琉球住民徳田高子は永住のため日本へ旅行するものであることを証明する」と書かれている（下）。

が録音され、店頭でずっと流されていました。当時のボーナスはだいたい千円くらいだったのですが、私は社長から認められて一万円ももらうことができたのです。

しかし、大阪での暮らしは私にとって楽しくもあり辛くもありました。最初は母の妹の家に居候をしていたのですが、そこを出て天王寺の小橋の辺りにある大きな家の二階に間借りをすることになりました。六畳一間に父と母、私と妹の四人が暮らしていたのですから、年頃を迎えていた私は、父と母の夜の営みを辛く思うようになっていきました。

いつしか「家を出たい」と思っていたところ、伊賀屋ふとん店の社長から、三つ年上の松本さんという男性を紹介してもらいました。とても感じの良い人で、男四人兄弟の三男とのことで、長男でもないので結婚するにはちょうど良いということもありました。

私は早く家を出たいという思いもあったのでとても乗り気になっていましたが、母は強く反対しました。その方は製綿工場で働いていたので、母は「綿埃をたくさん吸っているので結核で早死にする」と言って絶対反対だと言いました。

伊賀屋ふとん店の前で同僚と。右手前が私。

私は同僚の中で結婚して二人でアパート暮らしをしている人のところを訪ね、その素敵な新生活の様子を見ていたので、そうした新生活へのあこがれもありました。

結婚したいと言って母とけんかもしました。でも、強気な母が一度ダメと言ったことが覆ったことはこれまで一度もありません。母には絶対に勝てないと思って、仕方なくあきらめることにしました。

実父のいる京都へ　結婚して「小林高子」に（昭和三五年〜昭和三六年）

そんな状況の時に、実父の五一から突然に「小林の養子にならへんか」という話が沸き起こったのです。実父は伊賀屋ふとん店の社長に直々に会いに来て、私を養女にしたいと挨拶までしに来たのです。

私は沖縄にいた高校生の時にも京都の山国に行っていたことがあり、今の生活から抜け出したいという思いもあって、山国へ行くことにしました。育ての父にも「小林へ行かせていただきます」とあいさつをしました。

しかし、その時はまだ籍はそのままにしていました。

実父は戦前から電気技師としての技術を持っていましたので、戦後も京北町でラジオ店を経営していました。戦後まもなくの頃は、ラジオはとても貴重な情報源でまだ各戸にあるような状況ではありませんでしたので、壊れたラジオの修復は大変貴重な仕事としてN

京北町の実父のラジオ店

小澤八十二さんとの結婚式

HKから表彰されたりもしました。

その実父の家にちょくちょく遊びに来ていたのが、私の旦那さんになる小澤八十二でした。八十二さんは実父の妹（私の叔母）の子どもでしたので、私とはいとこ関係になります。私よりひとつ年上で、昭和三一年の高校生の時に沖縄から山国へ遊びに行った時、初めて知り合いました。その後大阪に引っ越してからも度々遊びに行っていましたが、いとこでひとつ年上なので気安く「おにいちゃん、おにいちゃん」と言って遊んでいました。

八十二さんは子どもの頃からおじさんに当たる実父の電気関係の仕事を面白がって見ていました。実父は八十二さんのことを可愛がり、大学まで出してやると言って預かることにしたのです。八十二さんは京都市内の朱雀第二小学校を出て西院中学校に上がりましたが、中学二年生の時に京北町の中学校へ転校し、そのまま高校に在学したのです。

いとこの八十二さんと仲良くしているということは大阪の母の耳にも届いていて、「いとこやから好きになったらあかんよ」ときつく言われていました。

でも小林ラジオ店によく出入りしていた近所のおばさんは、私と八十二さんが仲良くしているのを見て「あんたら一緒になったらいいわ。高ちゃんかて好きなんやろ」などと茶化していました。

侑子さんはそれに賛成していました。八十二さんとは血縁関係はないものの、中学、高校と育ててきて愛情も沸いていましたし、実父の甥っ子でもあるわけですから一緒になればいいと言ってくれました。

しかし、実父は反対しました。なぜなら、八十二さんは長男で五人の妹がいたからです。妹というのはお嫁に行ったら小姑になります。昔から「姑一人鬼千人」というくらいなので五千人の鬼がいる、などと心配したようです。でも姑といっても私にとってはおばさんですし、妹たちはいとこなんですから、私はそれほど気にしてはいませんでした。

それに私は沖縄出身ということもあって、その頃はまだまだ沖縄の人への差別があり、家は貸しませんとか就職お断りといったこともありましたから、八十二さんと一緒であれば気心も知れているしわかってくれると思いました。

私の母は反対していましたが、最後には許してくれました。父（徳田）は黙って見守ってくれました。

結局は、八十二さんを実父（小林）の養子にして、私を八十二さんの嫁に迎えるという形に落ち着きました。こうして私は「小林高子」になったのです。昭和三四年、二二歳のことでした。

小林姓から小澤姓へ（昭和三五年〜昭和四三年）

昭和三五年に八十二さんと結婚してしばらくして子どもが生まれました。女の子でした。

かわいらしくて夫婦で大事に育てていたのですが、四か月の時にお乳が気管支に入ったらしく、気管支窒息であっけなく亡くなってしまいました。

それはとてもショックで、しばらくはどうしたらいいのかもわからず茫然としていました。

実父からは何をしていたんだときつく迫られましたが、侑子さんは一緒に悲しんでくれ、私にとてもよくしてくれました。やがて、八十二さんの父（義理の父・小澤）からは小澤に「帰ってこい」と言われました。

初めての子

大事な息子で長男なんですから無理もないことでした。

私たちもだんだんと小林家にいづらくなってきて、いっぺん小林家を出ようということになりました。出ることになれば籍も変わることになり、そこで小林姓から小澤姓に変わったのです。

こうして現在の姓名「小澤高子」になりました。

私はその後三人の息子に恵まれました。昭和三六年に長男、昭和三八年に次男、そして昭和四三年に三男が生まれました。男の子三人を健康に育てることができ、大きくなってからは何かと私を助けてくれます。女の子を失ってしまい、それは今思い出しても本当につらく悲しい事でしたが、息子たちの成長が私を元気づけてくれました。

でも、実父には寂しい思いをさせたなと反省しています。私のためを思って養子にしたいと申し出てくれて、八十二さんとの結婚も温かく迎え入れてくれたのです。サイパンで生き別れることになってしまった実父としては、精いっぱいの愛情を私に注いでくれたのだと思います。

実父は昭和六〇年、七八歳で亡くなりました。小林ラジオ店を片付ける時には八十二さんと一緒に息子たちにも手伝ってくれました。古いラジオやテレビが借りていた農協の倉庫にいっぱい残されていましたが、八十二さんは電気関係の仕事をしていたのでそれらの引き取り先を段取りして決めてくれました。

侑子さんは、今は施設に入っていますが、私はしょっちゅう通っていて、運動会や餅つきなどの行事にも参加しています。実父の子は私一人でしたので、自分の子のようにかわいがってくれました。

沖縄出身の実母ツル子は気丈夫な人でしたので、小さい頃からよく叱られましたし、いろんなところで意見が対立して喧嘩のようになってしまいましたが、母と侑子さん、そして八十二さんのお義母さん、三人の母とも私にとってはかけがえのない母でした。

そして、京北町の実父の所へ八十二さんと結婚して行ってしまう私を、何も言わず黙って見送ってくれた父（徳田清）にも感謝の思いでいっぱいです。

気丈だった実母は一〇二歳まで生き、二〇一九年十月三十日に亡くなりました。

通夜の晩、一人で母を見守っている時に、首里城が火事で焼けているとの知らせを聞きました。あまりにショックで泣き崩れました。首里城は沖縄の私たちにとっては戦後復興をはじめ、沖縄人の歴史と文化のシンボルでした。

母が亡くなったことと大切な首里城が燃えていることが重なって、何とも悲しくてやりきれない思いがしました。

父（徳田清）の元の家族のお話

私が結婚をしてからの話ですが、父（徳田清）の栃木の息子さんのことです。

父は沖縄で戦死したものとなっていて墓石まで建てられていましたので、息子さんは父が生きていることなど今日まで全く知らないわけです。

父に栃木に行こうと何度も誘っていたのですが、なかなか行こうとしませんでした。その後、父が心筋梗塞で倒れ少し気が弱くなったようで、平成一四年（二〇〇二）にようやく行く気になってくれました。

しかし急に行ったのではびっくりされるだろうからと、父は自分の姉を探し出して姉にまず電話をしたのです。そして近いうちに行かせてもらいますと伝えた上で、私と母（ツル子）が栃木県の船越へ一緒に出向きました。

そして旅館から父の姉に電話をして、これまでの事情を話したら、それはそれはもう大変びっくりされました。そして沖縄での出来事を順々にお話ししました。するとその話を電話で聞いた姉の息子さんは、はじめはすぐには信じられず、「お金をくれと言われなかったか？」と姉に問いただしたそうです。当時は故郷に戻ってきた復員兵が出自を偽ってお金をだまし取るといったことが多くあったので、もしかしたら偽の復員兵ではないかと思われたようです。しかし姉は「いえいえ決してそんなことではなくて、娘さんと一緒に栃木まで来ておられるので間違いないです」と説明されたそうです。息子さんは当時横浜に住んでおられたのですが、その話を聞いた翌日にすぐに大阪にいる父のところに電話をしてこられ「今からそちらへ行くのでよろしく」との連絡がありました。

驚いた父は私に、甥っ子がくるのですぐに茶を買ってお迎えの準備をするようにといいました。翌

高校生のときの家族写真。前列左から母、私、おじい、後列左から父（徳田清）、母の妹夫妻（昭和30年頃、沖縄にて）

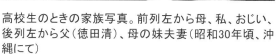

日訪ねてこられた息子さんは父を見るとすぐに、父の元の名前で「そうのすけ〜」と呼び掛けてきて、三十数年ぶりの再会を喜び合いました。

そうして沖縄戦からこれまでのできごとをお話しし、おかげさまでこうして新しい家族として暮らしています、申し訳ありませんと謝ったのです。そして、お互いに今日まで無事で生きてこられたことを喜びあいました。

その後はお互いに新しい家族同士で連絡を取り合い、時に行き来しながら家族ぐるみでの付き合いが続いています。

思い出ひとつ

デパートのお財布売り場でのこと

結婚、出産、子育てが少し落ち着いた昭和四五年頃、私はある商社のパートとして、近鉄百貨店などのお財布売り場で販売員をしていました。おかげさまで七〇歳まで働くことができました。たくさんの楽しい思い出があるのですが、ひとつだけ心に刻まれた忘れられない思い出があります。

それは、阪神淡路大震災（平成七年（一九九五）一月一七日）が起こって間もなくのことでした。ある女性がお財布を求めに来られました。

〝さよなら近鉄百貨店（旧・丸物さん）〟

丸物さんには子供との想い出が沢山有ります正月初売りにオモチャを買ったり大食堂で食事をしたりと、昭和三十九年頃でしたか？

当時のテレビ番組ロンパールームの催しに「うつみみどり」さんが来演され一緒に遊ばせてもらった事が特に印象に残って居ります

その後近鉄百貨店になってからは結婚子育て後、初めてお世話になった職場です、当時の売場主任「長曽さん」そして「白数店長」の東京名店コーナー「阿波屋」で働かせていただきました、また近鉄バッファローズの優勝セールでは連日物凄い盛り上がりと興奮でたいへん楽しい忙しさを体験致しました、その時の光景が今でも尚脳裏に焼き付いて居ます私にとって近鉄さんは、終生忘れる事の出来ない百貨店です～。

そして最後の三ヶ月間閉店うりつくしで販売員として働かせて頂き有難う御座いました。

平成十九年如月吉日

小澤高子

“近鉄京都店閉店売りつくし”

３ヶ月間お世話になりました～。私にとって京都近鉄さんはとっても想い出深い職場です、京都から近鉄デパートが去って行くことは寂しい思いで一杯です、でも最後のセール皆さんのお蔭で毎日楽しく働く事が出来、本当に有難う御座いました！

2007年　如月　　　美巧サイフ　小　澤　高　子

Thank you

近鉄百貨店京都店閉店の際のメッセージカード

「震災でね、お財布が無くなってしまったんです……」とおっしゃいました。そして、「皆さん帰るお家があっていいですね、私は家も帰る所も無くなってしまったんです」とおっしゃったんです。私はもう涙がポロポロこぼれて、本当はそのお財布を差し上げたいと思いましたが、そういうことは私の立場ではできませんでした。今、思い出しても涙がこぼれます。本当に、帰る家があるということは幸せなことなんですね。

近鉄百貨店京都店は平成一九年（二〇〇七）に閉店しました。それは私にとってとても寂しいことでしたが、元気に楽しく働くことができ、感謝でいっぱいでした。

命の恩人との再会

戦後のこと、金野さんとの再会（昭和四六年～）

やがて月日が流れて戦後二六年が経ち、ようやく京都での暮らしが落ち着いた頃、私はあの座波のガマで命を救っていただいた金野英二さんを探そうと思いました。

その日まで金野さんのことを忘れたことはありませんでした。

金野さんが北海道出身だったことから北海道新聞に「コンノエイジ」さんという人を探していますと手紙を送りました。やがて昭和四六年二月二四日にその内容が新聞に掲載されました。するとすぐに「なわの会」の方がその記事に気が付いて「こんちゃんのことや」と金野さんに連絡をされました。そして、北海道におられた金野さんのお兄さんからも手紙が届き、金野さんは現在大阪府高槻市に在住しているということがわかったのです。

そのことも北海道新聞に掲載されました。

こうして、私と金野さんは連絡を取ることができ、昭和四六年三月二八日に二六年ぶり

日時計

北海道新聞「日時計」(昭和46年2月24日)。「コンノエイジ」 さんを探しているという手紙が紹介された。

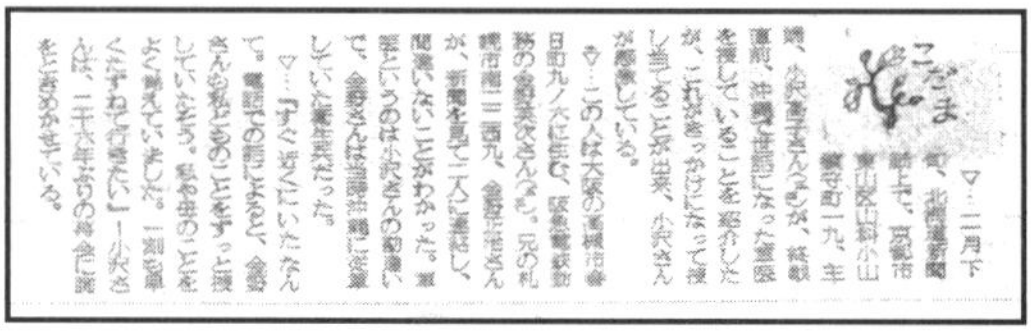

こだま

北海道新聞「こだま」(昭和46年3月9日頃)。札幌にいた金野さんのお兄さんから手紙をもらい探し当てることができたことが書かれている。

生きて会えた

決戦前夜の沖縄 病床の少女は私…

あの衛生兵さん!

感激、京の主婦

昭和46年3月28日、母とともに金野英二さんと大阪で再会(朝日新聞社提供)。右はこの再会を報じた翌日の京都新聞の記事。

に大阪で会うことができました。母も一緒に行きました。

その様子は三月二九日付の京都新聞と朝日新聞にも写真入りで大きく報道されました。私は金野さんに会えたら渡そうと思っていた琉球人形がいつの間にか色あせてしまっていたので、新しく沖縄から取り寄せた琉球人形をお渡しし、お互いに生きていて良かったと思い出ばなしをしつつ再会を喜びあったのです。

その後も家族のように親しく交流が続きました。

金野さんは昭和六〇年七月に亡くなられましたが、命の恩人であった金野さんとの再開後の思い出は深く私の心に刻まれています。ここに少し思い出を紹介させてください。

二六年の歳月を経て再会を果たすことができた私と金野さんは、再会して四か月後の七月に私の家族と一緒に沖縄へ行きました。

この時は、本土に渡ってから初めての沖縄だったので、実家のあった糸満市の賀数や東風平のナキジンガーをはじめ、金野さんの出身地である北海道の兵士の慰霊碑が建てられている糸満市米須の「北霊碑」、宜野湾市にある京都の兵士の慰霊碑「沖縄京都の塔」などへも慰霊に回りました。

沖縄戦では本土出身の兵士も多く亡くなりました。各都道府県の慰霊碑は昭和三六年（一九六一）以降、摩文仁の丘を中心とした沖縄本島南部に建立されましたが、北海道の「北霊碑」は昭和二九年（一九五四）に最も早く建立されました。その背景や経緯については解説・資料編で説明します。

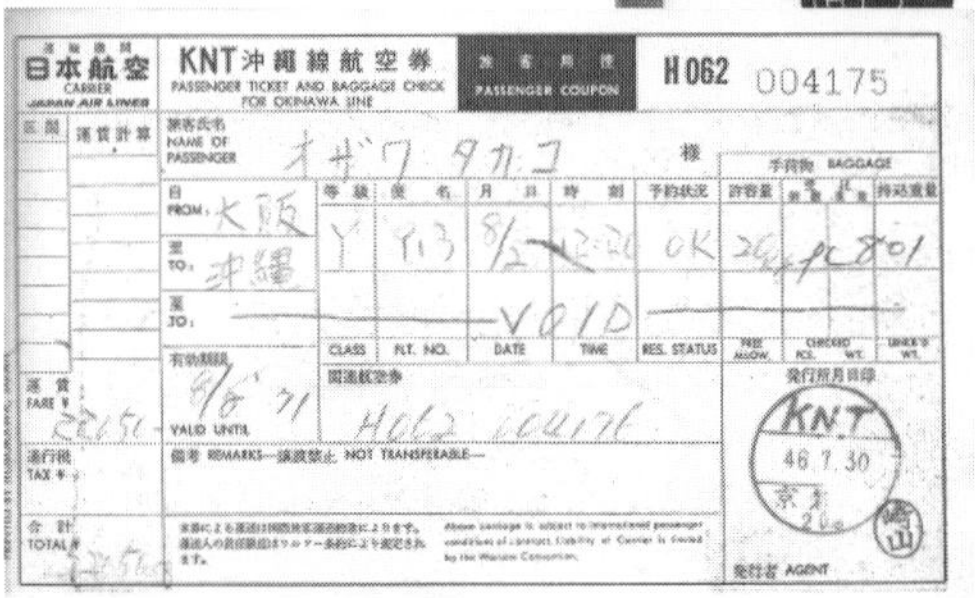

昭和46年7月30日の日付の入った沖縄行き航空券。まだパスポートが必要だった。

賀数の実家のあったところ。ガジュマルの木が一本だけ残っていた。

北海道の兵士の慰霊碑「北霊碑」に祈る金野さん

小高い丘から海を眺める。左から金野さん、私の息子、 案内の
伊佐さん、私。

本島南部の東風平（八重瀬町）のナキジンガーで。私の息子と
金野さん。

また、私の子どもも一緒だったので、名護市喜瀬にある沖縄海中公園へも行きました。この頃はまだ「美ら海水族館」はできていませんでした。沖縄国際海洋博覧会が開催されるのは昭和五〇（一九七五）年ですから四年後です。沖縄が返還され本土復帰するのは翌年の昭和四七年五月一五日ですので、この沖縄旅行にはパスポートが必要でした。

でも、今野さんとの再会がとてもうれしくて、私たちは再会から四か月目に沖縄へ渡ったのです。

戦後二六年が経った沖縄は、あのすべてが焼き払われた殺伐とした景色からずいぶんと変わっていました。トタン屋根の建物が建ち、緑もあちこちに目立つようになっていました。賀数の私の実家のあったところは、元々はガジュマルの木が何本かありましたが一本だけ残っていました。

でも道は地道のままで土埃が立っていましたし、本土に比べるとまだまだ発展は遅れていていました。

小高い丘の上に立って海の方を眺め、戦争の時にはあの海辺をアメリカの艦船が覆いつくしていたねと話しながら、時の移り変わりを感慨深く感じていました。

そんな中でも始終、金野さんは私たち家族に優しく、明るく接してくださいました。それはとても楽しく、一生忘れられない懐かしい思い出です。

「なわの会」での出会いと交流

「沖縄戦友なわの会」について（昭和四九年〜）

「沖縄戦友なわの会」は昭和四九年二月に、沖縄復員者有志一九名が集い設立されました。以来平成三年まで、東京、福島、箱根、北海道、三重、島根、沖縄など各地で会合を持ち、慰霊祭を開催し親睦を深めてきました。

私も金野さんに誘われて第一回から参加しました。「なわの会」については昭和六三年に『肝ぐりさ沖縄』（ちむぐりさおきなわ）という記念誌を作成されていますので、その冊子から少し紹介します。

（この冊子には、沖縄戦から生還された「なわの会」の会員による二七編の手記・俳句・詩・スケッチが集録され、「なわの会」のあゆみや会員の名簿、この時点での物故者名なども掲載されており、とても貴重な記録誌です。これらのすべてをここで紹介することはできませんが、「解説・資料編」にも少し抜粋させていただきます。――著者）

また残念ながら、この冊子の作成時点で金野英二さんも中村時三郎さんも亡くなっておられます。

「なわの会」の会則には、その目的として「沖縄戦没者ならびに物故者の慰霊と会員相互の親睦をはかる」とあります。

当時の事務局は東京の小田啓三郎さんが担当してくださっていて、この冊子の発行に当たっては編集委員会は結成されず、事務局の小田さんはじめ、鈴木明さん、郷田俊信さんを中心に大変お世話になりました。

『肝ぐりさ沖縄』

「序　文　　郷田　俊信

『肝ぐりさ沖縄』の表紙。
表紙の説明
「肝(ちむ)はこころ、ぐりさは痛恨、悼むことで、私達は、生涯沖縄を思うとき、こころが痛むということを表現したものです。摩文仁の丘上の虚空に具現された不動明王は、大日如来が一切の悪魔を降伏(こうぶく)せんがため、身を変じて忿怒身をあらわし、鎮護国家、世界永遠の平和を祈念する尊像で、故藤井充氏が精魂を傾けて画いたものです。(本間信治)

一九四五年、昭和二十年三月二十三日米軍来襲によって沖縄攻防の幕は切って落とされた。米軍は沖縄本島侵攻に先立ち、慶良間群島のわが特攻艇等施設を叩く目的をもって、艦砲射撃、艦載機の銃爆撃、水陸両用戦車、上陸用舟艇、等々により来襲して来た。友軍の水際における防戦空しく、三月二十六日未明にはついに米軍海兵隊の蹂躙下に慴伏を余儀なくされ、四月一日からはその矛先を沖縄本島に向けて、反復揚陸作戦を行い、友軍もついにこれを支え切れず、いわゆる「鉄の暴風雨」のもとに、本島南端摩文仁周辺に追いつめられて、六月二十三日には沖縄攻防の終焉を迎えたのである。

沖縄戦友なわの会の盟友は、なおその後も敵中に踏み止まり、友軍の救援を期待した。然しながら兵糧もなく、飢えにさいなまれ、飲水もなく、戦闘中負傷して自らの命を断つ者も多く、死闘の激戦地から辛くも脱出した者等々、生と死の間にさまよって筆舌に尽くしがたい体験を味わった。そして今や四十有余年を経過した今日、なお我々の脳裏に刻み込まれた悪夢は拭い去ることは出来ない。

思えば我々なわの会の面々は、いわば一握りの集まりにすぎない。然し奇しくも命ながらえて捕虜となり収容されて、有刺鉄線の柵内において帰国するまでの間、沖縄本島にあって、或は布哇（ハワイ）に、更には米国本土へと苦楽を共にした。

この文集は、文字どおり『地獄から脱出生還した戦友の手記』である。なわの会の会員から物故者を含めて十年来寄せられた貴重な原稿に、手を加えずそのまま忠実に掲載した。あたかも蚕が繭を作るため糸を吐くが如く切実な詠嘆であり、また追憶であり、今はなき戦友に対する鎮魂歌でもある。生き残った者にとり、『我ら何をなすべきか』、について我が胸に問うと共に、「生者必滅会者定離」の条理の前に粛然として、襟を正して往時を偲び、英霊のみ魂安かれと慰霊の誠を尽くすことを誓うものである。……合掌……」

「なわの会」の開催状況

第1回　昭和49年2月23日（土）東京の集い　沖縄料亭「みやらび」　参加者21名
東京の集いに先立って、牧港の演芸中隊を主とした集まりが各地で開催されたが、正式に会合を持ったのはこれが初めてである。

第2回　昭和50年7月26日（土）～27日（日）福島の集い　常盤ハワイアンセンター　参加者32名

第3回　昭和52年11月5日（土）～6日（日）箱根の集い　箱根強羅温泉「喜楽荘」　参加者36名

第4回　昭和53年10月28日（土）～29日（日）有馬の集い　六甲有馬温泉「角の坊」　参加者42名
戦後三十三回忌に当たるため旅館の広間に祭壇を設け、読経と献吟を行う。

第5回　昭和54年10月6日（土）～7日（日）日光大会　日光「田母沢本館」　参加者54名

旅館の主人から「歓迎・なわの会御一行様」と書かれた横断幕を寄贈され、以後の大会で使用することが恒例となった。

第6回　昭和55年10月10日（金）～12日（日）北海道大会　定山渓温泉「定山渓ホテル」・岩内町「雷電温泉センター」　参加者48名

第7回　昭和56年10月17日（土）～18日（日）　千葉大会　館山市「ホテル海幸苑」　参加者59名

この年から会名を「沖縄戦友なわの会」と決め、旗を新調した。

第8回　昭和57年10月23日（土）～24日（日）伊勢大会　鳥羽市「大漁亭」　参加者48名

伊勢神宮で戦没者のための特別祈祷を行った。

第9回　昭和58年9月17日（土）～18日（日）東京大会　「東京観光ホテル」　参加者63名

靖国神社昇殿で慰霊祭を行った。

第10回　昭和59年11月2日（金）～5日（月）沖縄大会　那覇市「ニュー那覇」　参加者82名

この時は「慰霊巡拝団」として摩文仁の戦没者中央納骨所墓前で慰霊祭を執り行った。この様子はテレビや新聞でも報道された。私と金野さんの再会についても報道された。

第11回　昭和60年10月5日（土）～7日（月）出雲大会　松江市「ホテル水天閣」・玉造温泉「皆美別館」　参加者32名

会組織とするため会則を策定した。出雲大社の祖霊社で慰霊祭を行った。

第12回　昭和61年10月26日（日）～27日（月）鬼怒川大会　鬼怒川温泉「ホテル鬼怒川御苑」
参加者50名
宇都宮の護国神社で慰霊祭を行った。
第13回　昭和62年10月18日（日）～19日（月）岐阜大会　下呂温泉「望川館」　参加者59名
多治見市の新羅神社で慰霊祭を行った。

これらの「なわの会」の大会の中から、特に思い出深い昭和五九年一一月二日～五日の第一〇回沖縄大会について、少し紹介します。

「なわの会」としては初めての沖縄大会でしたので、これまでで最も多い八二名が参加しました。会員はそれぞれの自宅から近い羽田、大阪（伊丹）、福岡空港から空路で沖縄に着き、バスで摩文仁の丘へと向かいました。

そして国立沖縄戦没者墓苑中央納骨所の前で開催した慰霊祭に参列しました。この沖縄大会の慰霊祭では、沖縄県戦没者慰霊奉賛会をはじめ多くの沖縄の関係者の方にお世話になり、ひめゆり同窓会や白梅同窓会からも供花やお志をいただきました。また当時の国務大臣・沖縄開発庁長官中西一郎氏から弔電もいただきました。

その際には沖縄タイムスをはじめ、琉球放送、琉球新報の取材を受けました。沖縄タイムスの記事にもあるように、金野さんは前の年に大病を患い、私は付ききっりで看病しました。あの戦場では私の命を救ってくださったのですから、今度は私が恩返しをする番だ

尽きぬ39年前の思い出

元衛生兵と〝病弱の少女〟

金野さん　大城さん（旧姓）

念願かない摩文仁の慰霊祭出席

13年前再会　交流　今も続く

昭和59年11月2日　戦没者中央納骨所墓前で開催された慰霊祭で金野さんと

昭和59年11月2日付
沖縄タイムス

沖縄戦友なわの会戦没者慰霊巡拝団

と思いました。

そして、金野さんは元気を回復され、沖縄大会に参加することができたのです。慰霊祭のあった次の日には、私は賀数の実家へ墓参りに行きました。金野さんも墓参りに一緒に来てくださいました。

また最終日には病院壕「ガラビ壕・二十四師団第一野戦病院新城分院跡」へ行き、「白梅同窓会」の中山きくさんから、当時における白梅学徒看護隊の悲惨なお話を聞きました。（中山さんは残念なことに、この本の執筆中、令和五年一月一四日に亡くなられました。ご冥福をお祈りします。）

金野さんとはこの沖縄大会の後、昭和六〇年五月一五日にも京都の嵐山、高雄、北山杉資料館へと招待し、嵯峨野で一緒に湯豆腐をいただきました。しかし、その後間もなく七月一三日に永眠されました。

金野英二さんとの再会からこの日まで、本当にたくさんの思い出をいただき、感謝と悲しみに耐えません。

金野さんが亡くなる前には、「なわの会」の皆さんに私を紹介して、金野さんが亡くなってもよろしくと伝えてくれたのです。

ですからその後も私は「なわの会」に参加し、会の皆さんと交流することができ、いつもそこに金野さんがいるような気がしていたので寂しいことはありませんでした。

思い出ひとつ

高野山での沖縄戦戦没者追善法要式のこと

和歌山県の高野山奥の院には、時代を問わず戦争や災害で亡くなった方の慰霊碑が多く祀られています。その中に、沖縄戦戦没者供養塔も建てられています。

これは、沖縄とその周辺で戦没した学徒を含む一八万余柱の英霊を供養するため、全国の遺族会や沖縄県人会、財界人、一般学生、報道関係者及び元戦友らの協力によって昭和三九年（一九六四）八月一五日に建立されたものです。

建立に当たっては、高野山本覚院の先代のご住職が、自らも出兵し生きて帰ってこられたことから、太平洋戦争の中でも学徒を含む多くの戦死者出した沖縄戦について特に心を痛め、広く呼びかけをされたものです。

塔の下には高野山大学講演部の学生らが沖縄本島の摩文仁の丘で収集した遺骨百二十柱の分骨をはじめ、各部隊戦没者の分骨や霊石などが納められ、全国から寄せられた英霊の過去帳が分祀されています。

沖縄戦戦没者高野山供養塔奉賛会によって、六月二三日の沖縄慰霊の日にちなみ、毎月二三日と毎年七月頃に慰霊祭として法要が営まれていました。

「沖縄京都なわの会」では、昭和四九年の会の設立後から会として毎年この慰霊祭のお手伝いをし、私も参列してきました。

沖縄戦戦没者高野山供養塔（2023年5月13日筆者撮影）

法要では、高野山宝寿院門主の導師により法楽が営まれ、高野山真言宗管長、和歌山県知事、沖縄県知事による追悼文が読まれ、その後読経、焼香が執り行われました。法要に先立ち、沖縄音楽や琉舞が奉納され、なわの会の会員からは吟詠が奉納されました。

本土の沖縄戦戦没者のご遺族にとっては、なかなか沖縄まで慰霊に赴くことができませんので、高野山はご遺族にとって慰霊の聖地となっているのです。一度は母が「なわの会」の高野山大会に出席してくれたことがありました。

平成元年（一九八九）頃までは、約三〇〇名の参列者がありましたが、会員の高齢化により徐々に参列者が減り、二〇一〇年から開催が途絶えています。

現在は、当初に建立の呼びかけをされた本覚寺により、沖縄慰霊の日に近い日曜日などに慰霊祭を営まれています。

沖縄戦跡めぐりと野間浩二さん（昭和六一年）

昭和六一年七月二二日（火）～二五日（金）の三泊四日の行程で、「なわの会」の大会とは別に、野間浩二さんをはじめとする一一名で「沖縄戦跡めぐり」をしました。戦争で焼き尽くされた首里城では復元が始まっていて、守礼門の前で記念写真を撮りました。

さらに、豊見城市の海軍司令部壕、南風原陸軍病院壕、ひめゆりの塔、黎明の塔や健児の塔、白梅の塔、喜屋武岬の米軍が本島に上陸した地点、平和の塔など多くの慰霊碑と戦跡を巡りました。

喜屋武岬では、野間さんから、昭和二〇年六月、追いつめられた女子学生たちが制服に着替えて喜屋武岬から飛び降りるのを見ていたというお話を聞きました。野間さんはその後、捕虜となって収容され生き延びることができました。

しかし当時、周辺の海岸には死体が累々と並び波間にも浮き沈みしていたそうです。兵士や住民約一万柱の遺骨を収集し、ここに平和の塔が建立されました。

また、野間さんがガー（井戸）の水で命を長らえたという糸満市米須の「シエリンガー」にも行きました。当時は多くの兵士がガマから出てきて水を汲みに来ていたそうですが、中にはガマからの途中で撃たれて亡くなった人もいたそうです。

戦場での水は最も貴重なものでした。思いをかみしめながら、みんなで一口ずつお水を

昭和61年7月22日
復元された首里城
守礼門にて

昭和61年7月23日
喜屋武岬にて

昭和61年7月24日
糸満市米須のシェリンガーにて

昭和61年7月23日
喜屋武岬の平和の塔にて

いただきました。

この時の様子は、参加者の水谷隆史さんと息子さんで高校生の明夫さんが動画撮影をされ、「かんこうとちゃうねん」というＤＶＤに編集されました。

ＤＶＤの中で高校生の明夫さんは「沖縄には三つの顔がある。一つ目は琉球王朝の歴史、二つ目は戦後の米軍基地、三つめは沖縄戦のきずあと」と語っています。

野間浩二さんは一八歳で海軍へ志願し、広島県大竹海兵団へ航空整備兵として入団。その後、昭和一九年八月に沖縄本島へ上陸し、海軍陸戦隊として太田実少将以下、牛島満中将、長勇参謀長の指揮下に入り、艦砲弾による負傷を受けながらも地獄のような激戦を生き抜き、小禄飛行場に入隊した海軍兵約一八〇〇名のただ一人の生存者となった方です。

捕虜となって石川捕虜収容所から国場収容所へ、そして牧港捕虜収容所に収容され、そこで仲間たちと一緒ににわか劇団の「オリオン座」を立ち上げたのです。

(野間さんの体験は『劇画ものがたり　一九歳の沖縄戦』という本として出版されています。ここに『肝ぐりさ沖縄』に野間さんが書いておられる戦記の一部を抜粋して紹介します。――著者)

『肝ぐりさ沖縄』

「軍歌　野間浩二」より抜粋

昭和二〇年三月、私は沖縄本島那覇港の小禄飛行場の中ほど、司令塔の立っているこんもり小高い丘をくり抜いた洞くつの中にあった。昭和一九年八月上陸以来、南海の果てしなき紺碧の海原に浮かぶ島々、珊瑚礁に白く砕け散る波、南の風にアダンの葉がゆれ、平和に明け、平和に暮れる村々の赤い屋根、家々の垣根に咲く赤い仏桑華(ハイビスカス)の花にも心を寄せる暇とてなく、夜を日についで、ただひたすら、陣地構築に塹壕掘り、掩体壕(飛行機の格納庫)掘りにと励んでいた。

しかしまだ戦闘準備が完成しないうちに、米太平洋艦隊の大機動部隊は遂に、この夢の島に姿を現した。三月二三日、本島を取り巻き鉄桶の布陣を固めた敵艦船、一千数百隻が一斉に砲門を開き、戦闘の火蓋が切って落とされた。

数日間は全島の蒼天を暗くした数千機の戦爆空中戦隊から投下する爆弾と、頭上を急行列車が通過するような轟音を発する艦砲々弾が飛び交って山野に注がれ、野畑は荒れ樹木は吹き飛び、天文学的な数量の鉄と火の流れに、弾薬兵器、食糧倉庫はもとより掩体壕に隠された車両までも破壊しつくされた。

三〇日には皮肉にも敵機から「来る四月一日上陸を敢行する」という予告ビラが投下され、予告どおり一日未明、「海が見えません、もとえ、艦が七、海が三であります」の通信士の報告どおり。上陸用舟艇に満載の三個師団が怒涛の如く西岸嘉手納に上陸してきたのである。

四月はじめ、約二㎞離れた豊見城にある海軍司令部から「食糧倉庫を解散するので食糧を取りに来るように」指令があり、私は兵二〇名を連れて弾雨の中を本部へ向かった。往復必ず幾名かの犠牲者が出るのがふつうだが、その帰途、持てるだけの食糧をかついで壕を出た直後、前方一〇m程の所に艦砲々弾が落下し、左瞼のうえに破片が命中、私はあっと！言う瞬間、爆風のために身体が宙に浮き、はね飛ばされた。思わず抑えた左手を伝わって、袖の中に溜まって行く生暖かい出血のためか、「ああ、もうだめか」と思ううちに意識を失った。気がついたときは、飛行場の壕の中で食糧の缶詰の箱を敷きつめ、その上に毛布を敷いて横たわっていた。後で聞くと、私のあとに続いていた五名は戦死し、私はすぐ近くの野戦病院にかつぎ込まれたが、病院内は片手、片足をもぎ取られた者、腹わたの飛び出した兵隊などが次々と運び込まれ、「片目ぐらいは問題でなし」と注射一本で仮包帯のまま放り出され、又戦友の担架に乗って帰って来たとのことである。

その後「来る五月五日に乾坤一てきの総攻撃を敢行せよ」という秘令が届いた。太田少将率いる陸戦隊も大規模な斬り込みを敢行し、私もこれに参加した。三日間にわたっての奮戦も、制空制海権のない悪条件のもとで、圧倒的な力を持った米軍には歯が立たず、ついに撃退され、この総攻撃で戦力の消耗が著しいため、あとはじりじりと後退するばかりであった。

六月に入って私達の守備隊も、那覇南西部にあらたに上陸した米海兵軍団に包囲され、全く孤立した。戦雲に刺激されてか、また雨期に入ったためか、はい然と雨の降り続く毎日で、壕内にも憂色が漂っていた。

初めのうちこそ、「今に神風が吹く」とか「なんで大本営が見殺しにするものか。今にきっと応援部隊が大挙逆上陸してくる」とわめいていたが、米軍の大型爆弾や四十糎砲弾が命中するたびに強震のように揺れ動き、わずかなローソクの灯も消え、足首まで浸った坑道を右往左往する状態であった。洞窟内は四六時中夜で、狭くて深い坑道は空気の流れも悪く、気温は常時三〇度以上、湿度は一〇〇%に近く、身体はけだるく心気は朦朧たる有りさまでした。

天祐なく、神助もない。戦うに武器もなく弾薬もなし、施す策もない、忍び寄る敗戦に沈んだ空気が充満しはじめた。

私は顔面の汚れた包帯の間から出てくるウジを払い落しながら、たった一個の自決用の手りゅう弾を、じっと見詰めていた。

沖縄を偲ぶ会（平成一一年）

その後、昭和六三年の第一四回「なわの会」は北海道で開催され、平成元年の第一五回は北陸で四四名の参加、平成三年度は静岡で四八名の参加がありました。しかしその後会員の皆さんも一人、一人と亡くなっていかれ、参加者も次第に少なくなってきたことから「なわの会」の大会はなくなってしまいました。

平成11年11月15日「沖縄を偲ぶ会」金閣寺で記念撮影

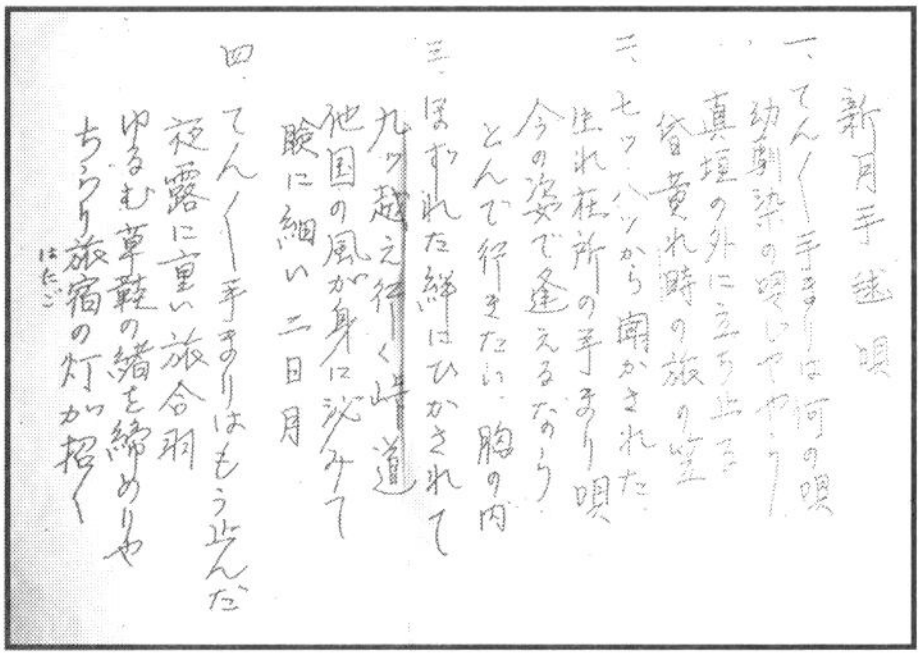

新月手毬唄

一、てん〳〵手まりは何の唄
幼馴染の唄じややら
真垣の外に立ち止まる
黄昏時の旅の笠

二、七ツ八ツから聞かされた
生れ在所の手まり唄
今の姿で逢えるなら
とんで行きたい胸の内

三、ほずれた絆はひかされて
九ツ越え行く峠道
他国の風が身に沁みて
瞼に細い二日月

四、てん〳〵手まりはもう止んだ
夜露に重い旅合羽
ゆるむ草鞋の緒を締めりゃ
ちらり旅宿《はたご》の灯が招く

「なわの会」の最後にいつもみんなで歌う新月手毬唄

沖縄戦の英霊に捧ぐ
追悼の詩　本間信治郎
吟詠　野村盛明

敵艦海を圧して砲声轟く
彼我の攻防此の島に勃る
壮烈國に殉す軍民多
英魂静かに眠る沖縄の島

「なわの会」でいつも吟じられた追悼の詩「沖縄戦の英霊に捧ぐ」

そこで、平成一一年に私と山崎登さん、野間浩二様の奥様である野間恵美子さんと三人で幹事をし、「なわの会」の締めくくりとして、京都で「沖縄を偲ぶ会」を開催しました。一一月一五日（月）〜一七日（水）までの二泊三日で、京都と奈良を訪問しました。参加者は一七名でした。観光バスを借り切って京都の金閣寺、清水寺、宇治の平等院、奈良の東大寺、興福寺なども回りました。ちょうど紅葉も始まり美しい景色の中、皆さんとの交流を深めました。

夜の宴会には私の息子たち三人も参加してくれました。夫はあいさつに立ち、息子たちはギターや三線（サンシン）で演奏を披露してくれました。息子たちが参加してくれたのは初めてで、とてもうれしく思いました。

参加された皆さんからはそれぞれ丁寧なお礼のお手紙と写真が送られてきました。最後の集いとなってしまいましたが皆さんに喜んでいただくことができて、何よりありがたく思いました。

「なわの会」はこうして二五年という長きにわたり私たち沖縄戦を生き抜いた者たちの心の慰めとして、また交流を通して明るく生きる力を与えてくれたのです。

思い出ひとつ

ゴーヤのおじさんのこと

私の住んでいる京都市山科区の家の近くに「ゴーヤのおじさん」という方がおられました。お名前は「金城三郎さん」とおっしゃって、沖縄の出身でした。いつも夏になると立派なゴーヤをたくさん作って、ご近所の方や沖縄京都県人会の皆さんに配っておられました。私たち夫婦や県人会の方なども、よくゴーヤのおじさんの所へ行かせていただき、一緒にゴーヤチャンプルや沖縄料理を作って食べたりしました。

金城さんは大正一二年（一九二三）に沖縄の小禄間切にある大嶺村に生まれました。大嶺村は、戦前には旧日本軍の小禄海軍飛行場として土地が接収され、戦後は米軍に土地を奪われ、現在は那覇空港になっています。

金城さんは中学を卒業後に大阪へ出稼ぎに出ますが、一九歳の時に徴兵されました。韓国や台湾などで航空部隊の整備兵として軍務に就いたのち、終戦により日本に戻りました。しかし、父親は沖縄戦で亡くなり大嶺村も米軍に撤収されていて帰る場所もありませんでした。そこで、京都で仕事を見つけ、新しい家庭を築いてこられました。

その後、だんだんと沖縄への思いが募るようになり、三線で沖縄民謡を唄ったりされていましたが、一九八〇年頃に沖縄からゴーヤの種を取り寄せてゴーヤづくりを始めました。

ゴーヤのおじさんの家で。2008年頃。左から私の夫、金城さん、沖縄県人会の会長さん。

そして、「一人でも多くの人に沖縄のことをもっと知ってほしい」という思いから、ご近所の方に配ったりされてきたのです。

最初の頃は誰もゴーヤを食べてくれなかったのですが、だんだんと世間でも沖縄のことが知られるようになり、沖縄料理に欠かせない野菜としてゴーヤは本土の人にも定着してきました。そのことをとても喜んでおられました。

「ゴーヤを通じて沖縄のことを知ってほしい」、その思いは私も同じです。

＊金城さんの生い立ちの部分は『京都民報』二〇一〇年八月二九日掲載の記事を参考にしました。

私に元気をくれた人たち

檀王法林寺と京都泡盛同好会・京都沖縄県人会について

「なわの会」の活動が終わってからも、私と沖縄の縁は続きました。

私をずっと温かくそして楽しく支えてくださっている檀王法林寺（だんのうさん）の信ヶ原雅文住職と京都泡盛同好会、そして京都沖縄県人会について少し紹介します。

檀王法林寺の開祖は「袋中上人《たいちゅう》」で、天文二一年（一五五二）に磐城国（現在の福島県いわき市）に生まれました。一四歳で出家し各地で修業し浄土宗の教えを相伝されました。慶長七年（一六〇二）、五一歳の時に明（中国）へ渡ろうと決意しましたがかなわず、三年間琉球王国に留まることになり、そこでは浄土宗を普及されました。

そして帰国後、慶長一六年（一六一一）に京都に入り、檀王法林寺を開いたのです。元和五年（一六一九）には弟子の團王《だんのう》上人に寺を譲って、東山に袋中庵を建てて移り住まわれました。

後を継いだ團王上人は恵心僧都作と伝わる阿弥陀如来像をご本尊に阿弥陀堂（本堂）を建立され、寺院興隆に尽力されました。團王上人は人徳も厚く民衆との交流を深められ「だんのうさん」と親しみを込めて呼ばれるようになったそうです。

袋中上人は琉球にいる間に浄土宗の教えを広められたことから、檀王法林寺には琉球王国にまつわる多くの遺物が残されています。上人が帰国後に第七代尚寧王から贈られた、書棚、青貝掛板、クバ団扇など三〇余りの宝物があります。

また、袋中上人の伝えた仏教は琉球の文化にも影響を与えました。沖縄の伝統芸能として伝わるエイサーは、盆踊りがもとになっているとされ、袋中上人が浄土念仏とともに伝えた念仏踊りにその起源があるということです。

このように長く沖縄との関わりのある歴史を持つ「だんのうさん」では、寺院としての年中行事の中で、六月の沖縄慰霊祭、八月の原爆・戦争犠牲者追悼法要などを行われる他、

檀王法林寺（だんのうさん）
（2023年1月23日筆者撮影）

沖縄戦の展示や語り継ぐ会などを開催しておられます。また、沖縄文化の継承を図るために、三線教室や琉球芸能の公演などもされ、このほかにも「だん王倶楽部」という京都歴史散策の会も催されるなど文化と歴史の交流にも力を入れておられます。

令和四年（二〇二二）は、沖縄の本土復帰五十周年にあたり、檀王法林寺と京都沖縄県人会、京都沖縄ファン倶楽部が共催して、五月八日に「沖縄本土復帰五十周年記念京都沖縄フェスティバル」が京都教育文化センターで開催されました。新型コロナウイルスの感染対策のため参加人数を絞っての開催でしたが、二五〇名もの方が参加され、講演会や沖縄の伝統芸能を楽しみました。

さらに、だんのうさんの信ヶ原住職は平成一四年（二〇〇二）に設立された「京都泡盛同好会」の事務局もされています。泡盛同好会は、琉球伝統の銘酒「泡盛」の愛好家で泡盛文化の発展を願う会員が集い、情報交換と親睦を図る団体として全国一三カ所にあります。その経緯には「京都沖縄県人会」とのつながりもあるので、少し紹介させていただきます。

まず私が泡盛同好会について知ったのは、平成一四年（二〇〇二）一〇月二五日付の京都新聞の記事でした。「泡盛酌み交わし文化交流　京の愛好家ら同好会を結成」という内容でした。立ち上げられたのは、京都で沖縄の物産を扱っておられた松田明さんという方々でした。早速私はこの松田さんに連絡をして、すぐに入会をさせていただきました。発足記念の会は京都タワーホテルで開催され、沖縄民謡や舞踊の披露もされましたが、堅苦しいことなどは何一つなく、とにかく楽しい会でした。

それからまた松田さんから、京都沖縄県人会のことも紹介していただきました。

京都沖縄県人会は昭和六二年（一九八七）五月一七日に設立されていました。県人会は、会員の親睦と交流をはじめ、沖縄の文化・芸能の普及や産業の振興といった幅広い活動をしており、会員となれる人は「京都府及び京都府近隣に居住する沖縄県出身者、沖縄県にゆかりのある個人」となっていました。そこでさっそく入らせていただこうと事務局に連絡をすると、当時の会長だった津覇實雄さんが入会の手続きをしてくださいました。

（津覇さんご夫妻については第3部「解説と資料」で説明します。—著者）

こうして私は夫と一緒に京都泡盛同好会と京都沖縄県人会という沖縄の人たちとのつながりのある会に入らせていただき、交流を楽しみながらお手伝いをすることになりました。

そんな中で泡盛同好会とだんのうさんともご縁を繋がせていただきました。その由縁も少しお話させていただきます。

だんのうさんの信ヶ原ご住職には、その頃はまだ直接お会いしたことはありませんでした。でも、夫が東洋易学会の会員であり、その本の中に檀王法林寺のことが書かれていましたので、京都に沖縄にゆかりのあるお寺さんがあるということは知っていました。泡盛同好会が結成されて四年目の平成一七年（二〇〇六）のこと、泡盛同好会の会員がなかなか集まらないのでどうしようかと松田さんと相談していました。私は京都市内のお酒屋さんやデパートの地下へ行っては「泡盛はありませんか？」と聞いてまわっていました。その頃はまだ泡盛のことを知っている人は少なく、ほとんどのお店には置いてありませんでしたので、「そうですか、ではまた今度来させていただきますね」と言って立ち去り、何日か後にもう一度お店を覗くといったことを遠慮もなく繰り返していました。そうして何度も足を運ぶうちに、泡盛を置いてくださるお店も出てきました。今思うと本当に厚かましいことでしたが、どうしたら泡盛の会のことや沖縄のことを知ってもらえるのか、私なりに一所懸命だったのです。

そしてあれこれ考えている時に、なんとなくだんのうさんのことが頭をよぎったのです。そこで松田さんに「沖縄にゆかりのあるだんのうさんに泡盛同好会に入っていただくようにお願いしてみましょうか」と言ったのです。すると「自分は面識がないし、それなら小澤さん、ひとつ行ってお願いしてみていただけませんか」とおっしゃったのです。私もあまり自信はなかったのですが、何ごともほっておけないたちですので、思い切ってだんのうさんの所へ行き、信ヶ原住職に相談してみました。

そうするとご住職は「私はお酒は飲めませんが、つれあいが「菊之露」が好きでね」とおっしゃいました。「菊之露」とは有名な泡盛のことなんですが、それを好まれているということで、私はとてもうれしく思いました。そうして早速に泡盛の会に入ってくださり、第四回の泡盛の会に出席してくださいました。そしてその時の抽選会では、なんとご夫婦揃って甕入りの泡盛を当てられたのです。こんなことは本当に初めてで、会場は大いに盛り上がりました。やっぱりご縁があるんやと涙が出るほどうれしかったんです。

さらに、だんのうさんに役員になってもらおうという話になり、幹事長をされていた松田さんと一緒に正式にお願いに行きましたところ、それもまた快く引き受けてくださいました。

その後、松田さんは平成二三年一〇月一三日に亡くなられました。そこで、京都沖縄県人会の津覇会長や沖縄県大阪事務所の我如古所長さんたちと一緒に泡盛同好会の事務局をどうしようかという相談をする中で、だんのうさんにお願いしてみようということになりました。そこで、当時の泡盛の会の木村副会長と一緒にまたお願いに行きました。すると信ヶ原住職は、「場所を提供することはできますが、事務局長になるには会の皆さんの意見を聞いて承諾をいただく必要があります。その前にまず、松田さんの法要だ」とおっしゃってくださいました。そして、泡盛の会としてだんのうさんで松田さんの法要を営みました。そしてその後にだんのうさんは事務局長になってくださったのです。

だんのうさんは、京都沖縄県人会にもずいぶんと協力をしてくださっています。沖縄県人会の全国交流会が京都で開催された際には、スポンサーとして広告主になってくださいました。県人会の会報誌「かりゆし」は年四回発行されていますが、そこにも広告を出していただき、継続して支援していただいています。

だんのうさんは、泡盛の会にも県人会にも本当に大変よくしてくださっていて、私にとって「だんのうさん」は、京都における「ふるさと沖縄」のような存在で、信ケ原ご住職には感謝でいっぱいです。

京都新聞　2016年(平成28年)6月24日　金曜日　第3種郵便物認可

戦争 人を鬼にする

「沖縄慰霊の日」語り継ぐ

ありったけの地獄を集めたとも言われる沖縄戦。当時の体験者たちが振り絞る記憶は今も生々しく、平和の尊さを問いかける。戦後71年を経てもなお、重い基地負担にあえぐ地元。「慰霊の日」を迎えた23日、京都や滋賀では、沖縄ゆかりの人々や市民らの複雑な思いが交錯した。

8歳の時体験した沖縄戦を語る小沢高子さん（京都市中京区）

8歳で体験 山科の女性 基地の島 思い複雑

「戦争は人間の心を鬼にする。いや、鬼どころではない」。沖縄戦で最後の激戦地となった糸満市出身の小沢高子さん(79)＝京都市山科区＝は、当時の悲惨な記憶をたどる。

母親の古里での暮らしは、1945年4月の米軍の沖縄本島上陸で一変した。当時8歳。容赦なく降り注ぐ爆弾を避け、ガマと呼ばれる天然の洞窟に祖父母ら家族6人で逃げ込んだ。しかし、次々と避難してくる人であふれ、環境は劣悪さを増していく。別の場所に移ろうと、ある夜、母に手を引かれて外に出た。

暗闇の中、息をひそめて歩くと、深手を負った人に「水をくれ」と足首をつかまれた。「ごめんさない」と叫び、心の中で手を合わせることしかできなかった。時折、夜空に放たれる照明弾が辺りを昼間のように照らす。あちこちに横たわる遺体。敵に見つからないよう、急いで地面に伏せ、死んだふりをした。

最後に行き着いたのは自宅近くの小さな壕《ごう》だった。十数人で潜んでいたところ米兵に見つかり、「投降しなければ爆弾を撃ち込む」と警告された。大人たちは手りゅう弾で自決するか迷ったが、子どもを死なせるのはかわいそうと、全員で外に出て捕虜になった。

沖縄戦ではガマの中で泣きやまない乳幼児を大人があやめたとの報告もある。戦後、首に大きな傷痕がある3歳下の友人から、戦中に日本兵の命令で母親が手をかけた痕と聞かされた。

一方、小沢さんはガマの中で肺炎を患った時、衛生兵の懸命の治療で一命を取り留めた。人の心を狂わせるのは、全て戦争のせいだと思っている。

高校卒業後、父の出身地京都に移った。沖縄に思いをはせると、幼いころの懐かしい記憶と、在日米軍が駐留し、基地の島に様変わりしたもどかしさがせめぎ合う。「あの、のどかだった昔の沖縄に戻してほしい。おじい、おばあと過ごした古里の姿に」。71年目の慰霊の日。心はひときわ深く、揺れ動く。

（清原稔也）

「被害なく、なら…

湖南市中央まちづくりセンターでは、慰霊の日に合わせて久米島出身の高間エツ子さん(65)＝同市＝らが米軍が撮影した沖縄戦の記録フィルムを上映した。

高間さんは高校卒業後、集団就職で本土に渡った。島の大人は沖縄戦を語らなかった。「あまりにもむごかったのだと思う。占領下の沖縄も第2の地獄。米軍はやりたい放題で、交通事故で人を殺しても無罪になった」と振り返る。1995年9月、米兵による12歳少女への暴…

遺品生々しく 京で企画展

沖縄戦の遺品を集めた企画展が、京都市北区の立命館大国際平和ミュージアムで開かれている。戦場跡で見つかった軍刀や、銃弾が貫通した水筒など54点が展示されている。

収集したのは那覇市在住の国吉勇さん(77)。小学生だった国吉さんは戦後、遊び場にしていたガマ（洞窟）で、放置されている複数の遺体を見た。その記憶が頭から離れず、18歳からスコップなどを使って壕《ごう》などで土に埋もれた遺品の収集を始め…

国吉勇さんが収集した沖縄戦の遺品（22日、京都市北区・立命館大国際平和ミュージアム）＝撮影・熊谷修

平成28年6月24日付京都新聞に掲載された私の想い

それから少し話が遡りますが、京都護国神社とのつながりについても一言お話させてください。私は沖縄戦を潜り抜けてきましたが、幸いなことに家族が戦争で亡くなったということはありませんでした。ですから遺族会には入っておらず、仕事や子育てに忙しかったこともあり、京都護国神社へはお参りに行ったことがなかったのです。でも、平成二八年六月二四日付で京都新聞に掲載された私の新聞記事を見られた当時の京都府遺族会の松本武子さんが私に声を掛けてくださり、それ以来護国神社での京都府戦没者遺族大会へ参列するようになりました。遺族会の方々とも親しくさせていただくようになりました。

こうして、平成一六年ごろから京都泡盛同好会や県人会の活動を中心に沖縄戦や沖縄文化に関する活動を行うようになり、新聞やラジオで戦争体験の話をするようになっていきました。平成二〇年には檀王法林寺の保育園児さんたちに戦争のお話をさせていただきました。

いつの間にか私のまわりからは、「なわの会」の方をはじめ、沖縄に縁のある方々が次々と亡くなっていかれましたが、このように、だんのうさんを中心に沖縄に関わりのある人たちとのつながりの場があることで、苦しかった思い出もいろいろな場で語ることで生きる力に変えることができ、こうして毎日を元気に過ごしているのです。

今日まで私がこんな風に生きて来られたのは、こうしたたくさんの皆さんとのつながりのおかげなんです。

伝えたいこと

二人の母ツル子と郁子、二人の父五一と清、新しい家族として加わった妹。そして夫の父母と三人の息子たち。血縁のあるなしに関わらず、すべて私のかけがえのない家族です。戦争はこんな風に家族をバラバラにし、言葉にならない悲しみを一人ひとりに負わせてきましたが、悲しみを乗り越えて明日に希望をつないでこられたのも、家族の力でした。

家族だけではありません。「沖縄戦友なわの会」や檀王法林寺と京都泡盛同好会、京都沖縄県人会の皆さんなど、沖縄戦を乗り越えて生きて来られた人たちや沖縄に関わりのある多くの人たちの支えがあって、様々な場面で助けられたり見守られたりしながら、今日まで生きることができました。いつも明るく乗り越えて来られたのは、共感しあえるこう

檀王法林寺のハス（2022年8月15日筆者撮影）

した皆さんのおかげです。

そしていつも私を支えてくれた夫のおかげです。息子たちには戦争の話や戦後の苦労などはあまり話したことがありません。実の子となるとなんとなくしゃべりにくいものです。でもいつかこの本を手に取って読んでくれることを密かに期待しています。

最後に、ひとりでも多くの方に沖縄戦のことを知っていただき、沖縄を訪れて平和の意味を感じ取ってほしいと思っています。

いつまでも平和を願ってやみません。

第3部

解説と資料

奥谷 三穂

沖縄戦の背景と実態などについてより知っていただくために、筆者として次の項目について若干の解説を加えさせていただきます。

1. サイパンをはじめ南洋群島の戦史について
2. 沖縄戦について
3. 『肝ぐりさ沖縄』(なわの会)からの戦争証言
4. 大竹清太郎氏の収容所ノートから
5. 沖縄の戸籍について
6. 「北霊碑」について
7. 京都沖縄県人会会長だった津覇實雄と津覇正子氏の琉球王朝とのつながり

1. サイパンをはじめ南洋群島の戦史について

サイパンは地図のとおり、日本本土から遠く離れた南洋に浮かぶ島です。ミクロネシアの島々の内、グアムを除くマリアナ諸島、パラオ諸島、カロリン諸島、トラック諸島、マーシャル諸島は大正三年（一九一四）から日本の委任統治領となっていました。

これらの領域を「南洋群島」と呼び、日本政府は昭和二〇年（一九四五）の敗戦までの約三〇年間統治しました。パラオには「南洋庁」という行政組織を設置し、各地に神社も学校も作り、日本語で教育をしていました。

どうして日本の統治領となったのかというと、そもそもは一六世紀の大航海時代に、西洋人がミクロネシアの島々を発見し、スペイン、ドイツ、イギリスが自国の領土としていったことからはじまります。やがてスペイン領だった「南洋群島」の島々をドイツが取得をします。この頃は芋の栽培やココヤシ、家畜の繁殖など農業を中心に開発がすすめられました。さらに、ボーキサイトや燐鉱石も発掘し、海底電線の敷設などにより南洋の豊かな資源を確保していました。

そして、大正三年（一九一四）に、欧州で第一次世界大戦が勃発すると、日本は日英同盟によりドイツに宣戦布告をしました。

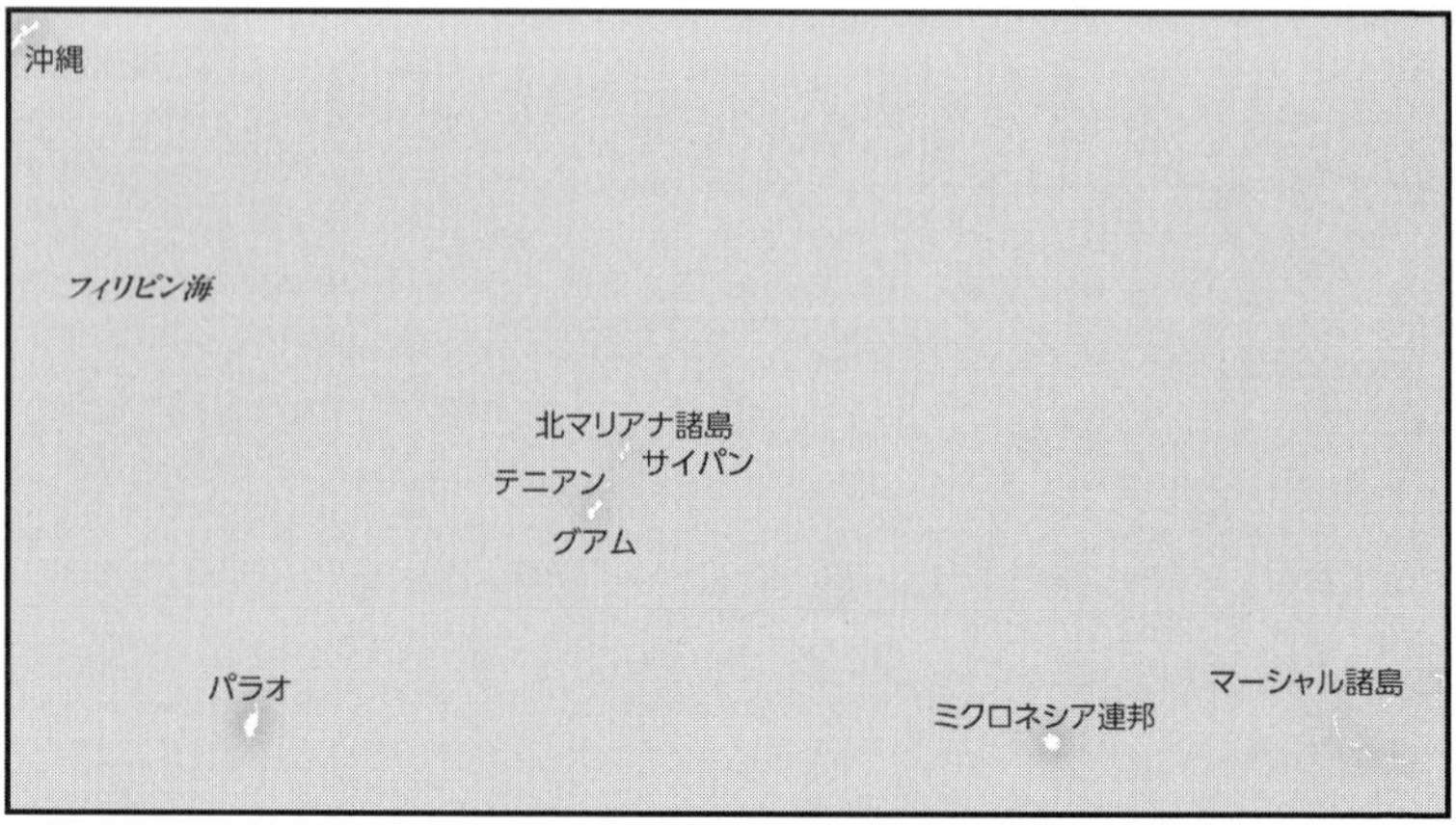

日本の統治下にあった南洋群島の島々

早速、ドイツ領となっていたミクロネシアに海軍を派遣し、これらの領地を占領したのです。その後は日本政府の「南進思想」により、領土の拡大と経済発展、移民政策を進めていきました。

サイパン島には「南洋興発株式会社」が設立され、サトウキビ栽培と製糖産業が盛んになっていきます。こうした産業興隆の人手として、沖縄から多くの人々が移住しました。

一九三八年一二月当時の人口統計によるとサイパン在住邦人二万二一九〇人中、一万五〇〇九人(約六八%)、テニアン在住邦人総数一万五五〇七人中八九一九人(約五八%)が沖縄出身者だったといいます。

しかし、昭和一六年(一九四一)、日本軍の真珠湾攻撃により太平洋戦争が勃発すると、次第に戦局が悪化していきました。昭和一九年(一九四四)三月以降に、子どもやお年寄り、女性たちの多くが人口疎開をさせられました。住民を攻撃の標的から避けるため、ということですが、軍事戦略をスムーズに進め、軍の食糧確保のために政府が進めた政策でした。

小澤高子さんの家族は、この少し前の昭和一七年に沖縄へ戻ったと考えられます。また、実父、小林五一さんは小田電気工業所に残って戦渦に巻き込まれましたが、無事本土へ戻り、京都市京北町の山国で電気店を再開されたということです。

南洋群島は日本軍にとって南半球の戦線拡大の中継地であり、米軍の反撃が始まると激戦地となりました。昭和一九年（一九四四）七月にはサイパンは陥落し、ここを拠点とした米軍の爆撃機により日本本土が空爆にさらされることになりました。

サイパンの日本軍はほぼ壊滅し、三万一六二九人の軍人のほとんどが亡くなり、捕虜として生き残ったのは一〇〇〇人程度だったといいます。そして、一般住民の四割に当たる約一万人が亡くなり、その内約六割が沖縄出身者だったのです。

サイパンには沖縄出身の戦没者の慰霊のため、昭和四三年（一九六八）に「おきなわの塔」が建立されました。サイパンから帰還した沖縄の人々を中心に琉球政府によって建立されたものです。この慰霊碑の建立までの経過については、紆余曲折があり大変な苦労があったといいます。

それは、敗戦後、昭和四七年（一九七二）に沖縄が日本に返還されるまでの二七年という長きに渡って、アメリカの統治下にあったことが大きく影響しています。

日本にとって沖縄は「外国」だったために、様々な戦後の復興政策の対象外だったのですが、遺骨収集や慰霊行為もその一つだったのです。

こうした遺骨の収集に当たっても、沖縄の人たちは、自分たちで収集に行くことはもとより、昭和二八年（一九五三）から昭和三三年（一九五八）にかけて行われた政府の遺骨収集団にも参加することができませんでした。

戦前の国策のためにサイパンをはじめとした南洋群島へ移民した人々、軍人として見知らぬ土地で命を落とした兵士の遺骨は、戦後すぐに収集されなかったため、未だに島々に残されたままになっています。

それらはもう形も崩れて土に還ってしまっているものもあるでしょう。

こうした苦難の歴史を経て建立された「おきなわの塔」には、沖縄の人々の深い慟哭が刻まれているのです。

小澤高子さんは一九九一年一一月一日に、生まれ故郷であるサイパンへ母と一緒に行き、彩帆（サイパン）神社へもお参りされました。どんな思いが駆け巡ったことでしょう。

沖縄の人々によって建立されたサイパンの「おきなわの塔」昭和43年建立（浜井和史撮影）（『京都府立大学文化遺産叢書』第15集）

（本稿は浜井和史著「復帰前沖縄の南洋群島引揚者による「慰霊墓参団」派遣問題」『京都府立大学文化遺産叢書第15集　沖縄の宗教・葬送儀礼・戦没者慰霊』を参照しました。）

2. 沖縄戦について

この地図は、沖縄戦の戦闘経緯を日付とともに表したものです。

昭和一六年（一九四一）一二月八日の真珠湾攻撃による太平洋戦争開戦以来、進撃を続けてきた日本軍は昭和一七年（一九四二）六月のミッドウェー海戦での敗北を境に徐々に後退し、太平洋上の数々の島嶼にあった基地も失っていきました。

そこで日本軍は、本土防衛の最後の拠点を沖縄とし、昭和一九年三月に南西諸島に沖縄防衛のため第三二軍を創設しました。

しかし、昭和二〇年三月一七日には硫黄島にあった日本軍守備隊が玉砕し、米軍はその戦力を沖縄攻略に向けて集結してきました。

昭和二〇年終戦の年、米軍が初めて沖縄の慶良間諸島に上陸したのが三月二六日です。この時、日本軍から「米軍の捕虜になると乱暴された上、殺戮される」と聞かされていた

沖縄戦の戦闘経緯

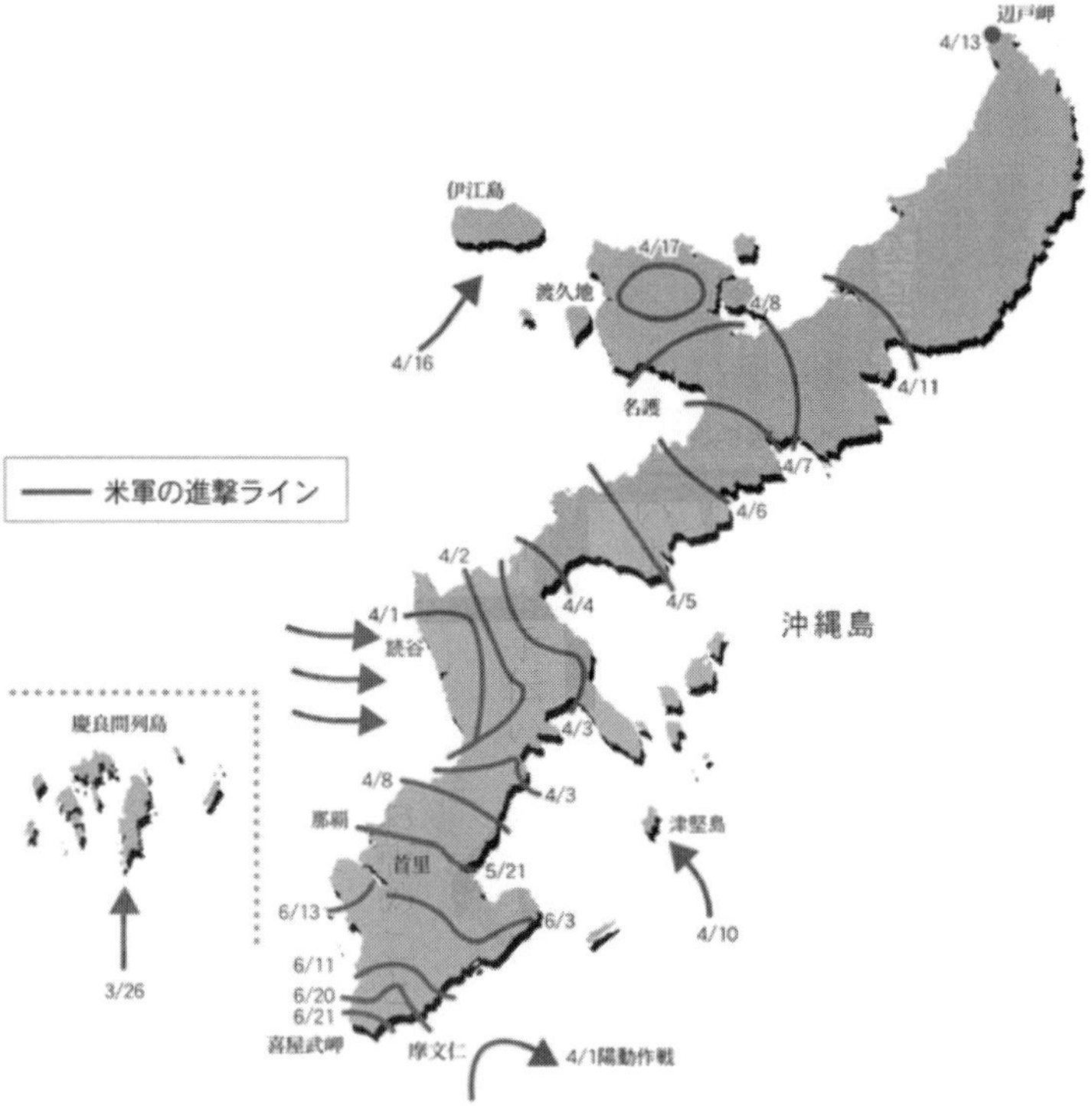

提供／沖縄県平和祈念資料館

住民たちは、米兵の襲来を恐れて避難壕ごとに強制集団死をしました。約六〇〇名の方が亡くなりました。

続いて米軍が沖縄本島に上陸したのが四月一日です。すでに前の年の一〇月一〇日に「十・十空襲」といって那覇市を中心に激しい空襲があり、市内のほとんどが焼けつくされています。それからも艦砲射撃や空爆などもありましたが、米軍が上陸し、人と人とが直接戦闘状態となっていったのが四月一日からなのです。米軍艦隊約一五〇〇隻、約五四万人の兵員が上陸を開始しました。日本兵は軍人の他、沖縄住民や学徒（一五歳～四五歳の男女の根こそぎ動員）による防衛隊を入れても約一〇万から一一万人でした。

その上陸の場所は読谷村でした。上陸の次の日、四月二日には、読谷村のチビチリガマでも強制集団死が起こり、阿鼻叫喚の地獄の中で八五名の方が亡くなりました。米軍が上陸してきた時、日本軍は全く応戦せず米軍は無血上陸しました。なぜなら水際でとどめるのではなくて内陸部で戦い、長期戦に持ち込んで日本の本土への上陸を遅らせるというのが日本軍の考えだったからです。

読谷村には、日本軍の中飛行場（現在の嘉手納基地）、北飛行場があり、米軍はここを押さえて本土攻撃の拠点とする計画でした。米兵たちはサンゴ礁の浜をまるでピクニックにでも行くかのように歩いてきたそうです。

そして、その日はとても静かだったそうです。なんでもない日常が突然真っ暗な地獄に

宜野湾市嘉数高台公園にある「沖縄京都の塔」
（2023年6月25日筆者撮影）

なってしまうというのが戦争なのです。

そして四月三日には宜野湾市の嘉数高地にやってきます。嘉数高地は沖縄戦最初の激戦区で多くの兵士が亡くなりました。京都からの兵士もこの周辺で多くが亡くなり、嘉数高台公園には二五三〇有余人の冥福を祈る慰霊碑「沖縄京都の塔」が「沖縄京都の塔奉賛会」によって建立されています。

そして四月二五日には前田高地（「ハクソー・リッジ」という映画の舞台になったところ）も大変な激戦地となりました。五月六日には完全制圧をされて、その後は日本軍の本陣がある首里へと侵攻していきます。

この時点で第三二軍は主戦力の八割を失っていたと言われています。そして五月下旬には首里の本陣も放棄して南部の摩文仁へ撤退し、六月二三日には牛島司令官と長参謀長が自決をします。

これにより沖縄戦の組織的な戦いは終結をしますが、牛島司令官は亡くなる前に「最後まで戦え」と言い残していたため、九月ごろまで各地で戦闘が続いていました。多くの兵士と住民は南部の摩文仁海岸へと追いつめられ、米兵による銃撃、爆撃ばかりでなく自決により命を落としました。

「生きて虜囚の辱めを受けず」という軍事教育を叩きこまれていた日本人は、米兵の降伏の呼びかけに簡単には応じませんでした。しかし、次第に精魂尽き果てて、米兵の説得に応じて捕虜となって助かった人たちもいました。

日本政府は昭和二〇年（一九四五）八月一四日にポツダム宣言を受諾し、翌一五日に終戦の日を迎えます。そして九月二日には日本側と連合国側の代表が米艦船ミズーリ号で降伏文書に調印しましたが、沖縄はこれとは別に九月七日に調印手続きがおこなわれたのです。南西諸島の全日本軍を代表した軍人が現在の米軍嘉手納基地において、琉球列島の全日本軍は無条件降伏を受け入れる旨の降伏文書に署名し、米軍を代表したスティルウェル大将がこれを受諾・署名し、これにより沖縄戦は公式に終結したのです。終戦となったことも知らず、瀕死の体を引きずって山野をさまよい続けた兵士もありました。

沖縄戦では、軍人・軍属・沖縄住民・各都道府県からの兵士・米軍兵士を合わせて約二〇万人が亡くなり、沖縄県民の四人に一人が亡くなりました。もっと早くに、少なくとも六月二三日の時点で降伏を決断しておけば救われた命もあったはずなのにと、身を切られるほどに口惜しさが募ります。六月二三日を「沖縄慰霊の日」とされているのは、このような背景があるからです。

しかし、本土と沖縄では終結の日ばかりでなく、その意味も異なっていました。翌昭和二一年には、沖縄、宮古、八重山、奄美の各諸島の行政権が日本から分離され、昭和二七年（一九五二）四月二八日には、サンフランシスコ講和条約により沖縄は米軍施政権下に入りました。そして、昭和四七年（一九七二）五月一五日の本土復帰までの二〇年間、アメリカの統治下にあって沖縄固有の領土と文化が奪われてきたのです。

現在も沖縄県内には三一の米軍専用施設があり、県の総面積の八％、本島の一五％を占めています。国土面積の〇・六％しかない沖縄県に、全国の米軍専用施設面積の七〇・三％が集中しています。日常的にも航空機の騒音や米兵による事件・事故が問題となっています。

あの忌まわしい戦争の影響と痕跡は、今も沖縄に残されているのです。

3．『肝ぐりさ沖縄』（なわの会）からの戦争証言

『肝ぐりさ沖縄』は、一九八八年に「沖縄戦友なわの会有志」によって作成された冊子ですが、これまでの沖縄戦関係の調査研究でもその存在がほとんど知られていないもので

した。執筆に当たって現地調査を行ったところ、沖縄県立平和祈念資料館に冊子と写真数点が保管されていることがわかりました。しかし、寄贈者や時期などは不明とのことで、冊子も非公開とされていました。従いまして、その内容が詳しく明らかにされるのは本書が初めてとなります。貴重な資料であるため小澤高子様から寄贈していただき、京都府立大学で保存することになりました。

『肝ぐりさ沖縄』には、なわの会の人たちによる戦争体験が綴られています。第一部の中でも少し紹介してきましたが、この解説・資料編では特に慶良間諸島へ送られた人たちの手記を抜粋して紹介します。

球第一六七八九部隊海上挺進第二戦隊は、昭和一九年九月一〇日に古賀宗市隊長以下九〇〇名で座喜味村の阿嘉島に駐屯。昭和二〇年三月二六日に慶良間諸島へ米軍が上陸し壊滅的打撃を受けました。「なわの会」のメンバーの多くがこの部隊の他、球第一六七七七、一六七八八部隊などに属していました。

「座間味島の浜菜」

龍崎　甲（千葉県出身）

昭和一九年九月、那覇港を出て程なく周辺に島を見つつ、ひとつの島の入江に停泊した。この島こそ我が球一六七八八部隊にとっても忘れることの出来ない思い出の島、座間味島である。島々の砂浜は真白く銀に光り輝いていた。それがサンゴの砕けて出来た砂であるとは知る由もなかった。誰かが「パイナップルだ」と叫んだが、それは蘇鉄の木とその実であった。

来る日も来る日も少量の玄米食と麩と昆布が数片浮いた味噌汁一杯だけの食生活が続くことになる訳で、若者らしい精気、元気も枯渇し、ただひたすら昼夜兼行の洞窟掘り、その合間の軍事訓練、疲れては寝、醒めてはただ働く生活の連続で、楽しかるべき思い出のあろう筈もなかった。

何の縁であったか、小生を東京の兵隊さんと言って、何くれとなく親切にしてくれた、浜から入って角にあった確か中村という姓の家があった。こっそりと今晩自由時間になったらいらっしゃいと言ってくれて、たずねると澱粉で作った(蘇鉄の実、タピオカから取る)お団子や餅なぞ、我らが食乏しく、空腹を知って御馳走してくれた。その家のみよちゃんとか言ったか、色白の細面で優しく寂しげな娘さんがいて、とてもアサトヤユンタの踊りが上手だった。翌年二月一七日、本島に渡るとき我々の隊列を家族で万感の思いを託して見送ってくれた。

その後終戦後の収容所で座間味のことに詳しい人にたずねたところ、一家戦火の犠牲になりしとか。今では間違いであってくれればと祈る気持ちである。

島の一隅に設けられた慰安所の女菩薩様につかの間抱かせていただかんとする元気

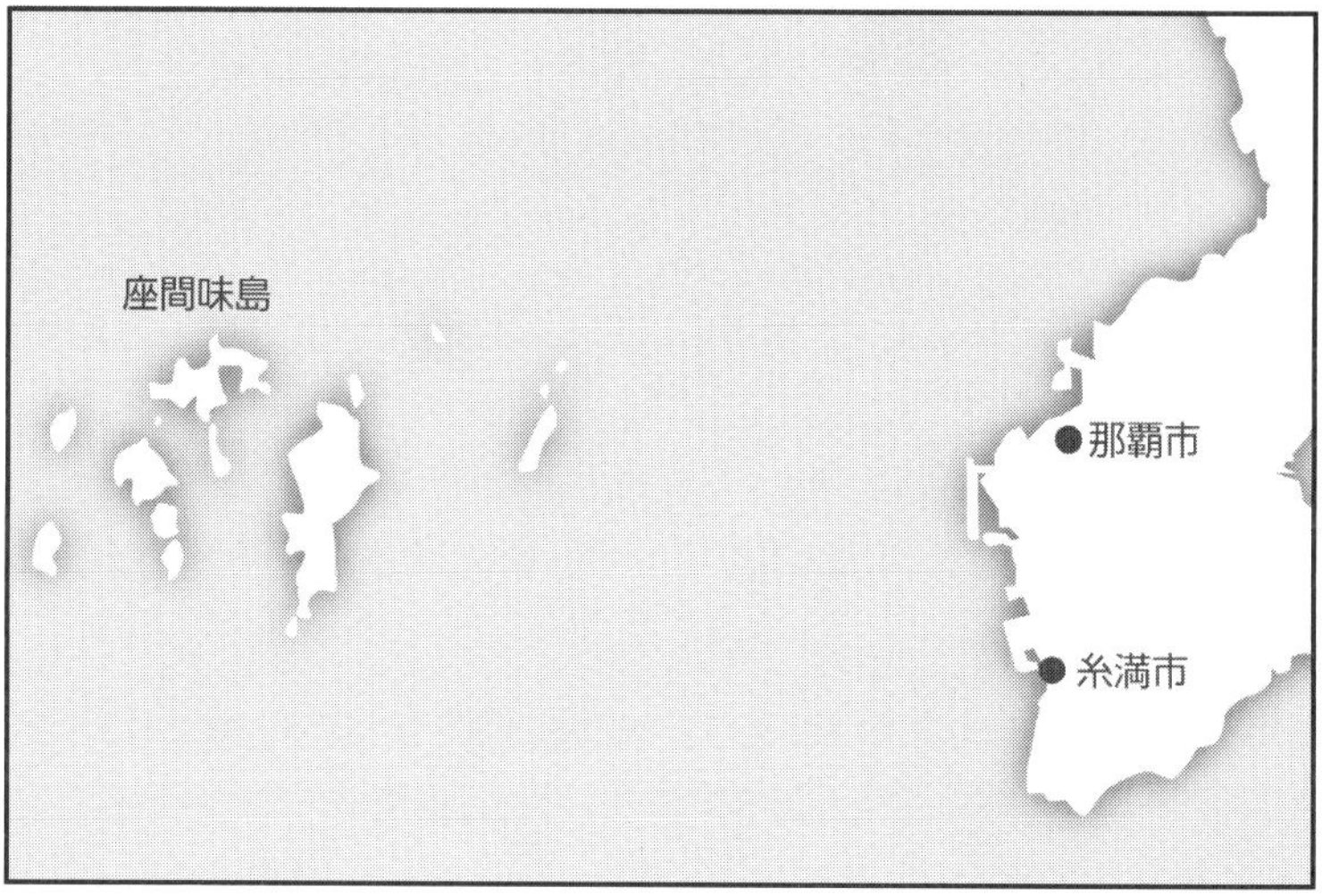

慶良間諸島座間味島

球第16789部隊海上挺進第二戦隊
英霊碑（大竹清太郎さんの写真）

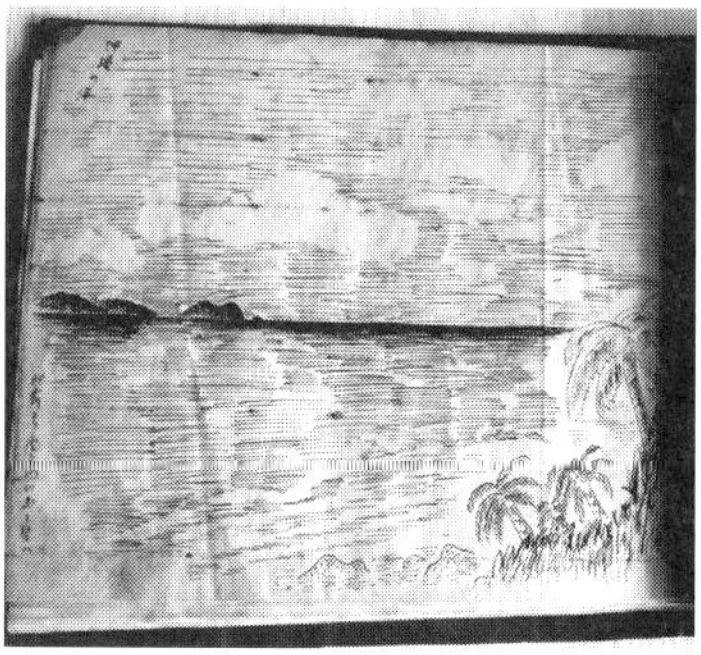

大竹清太郎さんのスケッチ
「那覇より慶良間諸島を望む」
（京都府立大学所蔵）

者は一部の将校、下士官くらいなもので、若い兵隊たちも悟りきった行者のようなものであった。我々二、三の仲間は同じ百姓出身の普段は口数も少なく、小柄で朴訥な横山に誘われて山一つ越えた海岸に彼に見習って野生の菜を摘んで海水でもんで食べたり、きのこや小ガニや貝を求めては海水で煮て食べると言ったような、ロビンソンクルーソー漂流記のような生活を楽しむのが精一杯であり、後は只洗濯やわずかの時間を休息するのみであった。

それでも僅か数か月の島生活の中で一番印象に残ったのは、島ぐるみの慰安大会で、それぞれの隊から芸達者な連中が唄やかくし芸、或いは寸劇を披露して賑わった。特にその中でも島の娘さん達が、俄かづくりの浜舞台の上でアサトヤユンタの沖縄民謡をその素朴で、もの哀しいメロディに合わせて踊る姿の中に、あの角のみよちゃんのキャシャで、美しく寂しげな姿は深く焼き付いて忘れることが出来なかった。

我々にとって座間味島の思い出は軍の命にのみ奔命疲弊の短い生活で、島の歴史、習慣、風俗、産業に思いを馳せるゆとりなぞあろう筈もなかった。只よく島の人々は乏しい生活の中、兵隊の無礼粗暴にも耐えて協力してくれたことを感謝こそすれ、我々は戦時下であるから当然であった等と甘えてはならないと思う。

（『肝ぐりさ沖縄』二一〇～二一六頁）

「座間味島生還記」

勝俣定吉（神奈川県出身）

昭和二〇年三月二三日、全てのものを破壊する運命の日はついに来てしまったのだ。敵艦載機は島々の上空をこれ見よとばかり満々として空を覆い、乱舞し、艦船は黒煙を吐きながら、島が押し寄せる如く迫り、二連装の砲は島の西方よりひっきりなしに撃ちだされた。爆弾は連日雨あられと降り注ぎ、白昼あたかも宵闇の如くであった。そして集中砲火の下に三月二六日、皇国の一画である沖縄座間味島は敵に上陸されてしまい、遂に永き平和は破られてしまったのだ。

敵が上陸して以来十数日過ぎた今日まで、連日激戦の内、危機一髪で幾度助かったことか。又重病になりながら数日で回復する等、自分は決して死なないのだという強い信念めいた気持ちが湧くのと同時に、いや今まで生きられたのが奇跡だ。危ないのはこれからだ、こんな小さな島で逃げるに逃げられず、とても万が一つも生きられる望みなどないのだ。マア出来るだけ生き延びてみようと居直り的な気分で本部の方へ向かった。

友軍が撃たなかった訳だ。この場で応戦した兵隊は皆戦死していた。本部のあった所へ来てみたが、テントは引きちぎれ、戦死者と共に偽装してあった物など、四散していた。将校は一人もいなかった。敵兵が来て、この辺りを踏み荒らした様子だった。周囲の戦死した兵隊を見て、何か気の抜けたようになり、ヘタヘタト座り込んだ。皆天長節を頼みにしていたのに、こんな無残な死に方をして、とぼんやり考えた。

今日の戦いで生き残ったものがいるだろうか。俺も長くは生きていることは出来ないだろうが、食べ物や飲み物を探して半日でも一時間でも生き延びることを考える事だ。全く戦争とは言え、言語に絶する苦しい、獣にも劣らない毎日毎日の行動、想像を絶する無残な苦しみの内に死んで行く我々に対し、日本の為政者は如何ような考えをしているのだろうか。

この地獄の苦しみが内地の人々には想像もつかないだろうし、後世知ることがあるだろうか。家族の者でも南海の孤島、座間味に来ていることさえ知らないであろう。いずれにしてもここまで来てしまった以上は、内地でも大変なことになっていると思うが本土防衛のため我々はここで戦い、犠牲に追い込まれている以上、内地へは外敵の一兵も上げてはならない。どんなにしてでも本土だけは守ってもらいたいと、その無事を神に祈るしかなかった。

表海から砲を撃てば裏海に抜けてしまう程の小さい島の中で、これから何を望み、何を考えて生き続けなければならないのだろう。

人間生まれた時に神に授けられたこの生命のある限り、この悲惨な苦しみに耐えて、生きることのみ精一杯努力をしなければならないと思い続けた。

（『肝ぐりさ沖縄』七九〜一〇〇頁）

「座間味島捕虜記」

岩橋一徳（東京都）

昭和二〇年三月二八日座間味島で捕虜になった私は、座間味部落に戦禍を免れてぽつんと残っていた豚小屋を改造した収容所に入れられていた。周囲はすっかり爆撃で破壊され瓦礫の山が各所に出来ており、百米程先の海岸が春陽をあびて光っていた。小屋の前面は朝鮮人軍夫等が百名ほど既に捕らわれており、彼らも鉄条網を囲らした空地の中に低いテントを張って住んでいた。

捕まった当初は私の体力も相当消耗していたが、全くの監禁状態とはいえ、三度の食事がとにかく保証され、睡眠も充分取ったので日毎に元気を取り戻していった。足の負傷も体力の回復と共に旬日を出ずして略々治った。収容所にはほとんど毎日誰かが入ってきて、仲間は次第に増えていった。仲間が増えるにつて、毎日やっている米軍の軍医の仕事も増え、診療は必ず私が通訳として立ち会うことになっており、次第に通訳兼衛生兵のような仕事をして居た。始めは大変警戒的であった米軍の番兵も、毎日顔を合わせて接触が深くなるにつれ、先方からも色々話しかけて来るようになった。収容所に入れられて外界とは完全に隔離されて居たので、彼らの伝えるニュースには特別に大きな関心を持っていた。ジョーと呼ぶイタリー系移民の三世の伍長が番兵として毎日やってきて身の上話をし、ニュースも毎日知らせてくれることになった。朝聞いたラジオニュースをメモにして私の前で伝え、私も紙と鉛筆を貰って大切なことは筆記した。こうして沖縄本島に上陸した米軍が、次第に南下している状況、殆ど連日の内地空爆の模様が今迄以上にはっきりと判って来た。

四月も終わりに近付くと、収容所での座間味部隊の仲間もかなりの数となり、その中からまだ山中に残っている戦友を迎えに行きたいという人が出て来た。そのためには米軍の協力が必要となるため、私は英語の手紙を書いて米軍の副官あてに懇願することとした。

要点は、「①山に自らで出かけて戦友を説得し米軍の保護下に置きたい。②捕虜の待遇に関するジュネーブ条約などの国際協定があり、捕虜は相応の待遇を与えられ戦争が終われば祖国に送還されるということをよく承知している。欧米人にとってこういうことは一般常識として定着していると思われるが、日本人の場合は、こうした規範が存在することを知るものはごく僅かで、入隊以来教えられてきたことはいかに立派に死所を得るかであり、東条英機が書いた「戦陣訓」には「生きて虜囚の辱めを受けず」とあり、これが日本伝来の武士道精神と絡み合って日本兵の心情に強く根をおろしている。また陸軍刑法により捕虜になると厳罰に処せられることになっており、現に座間味の捕虜は大部分罪を犯したという気持ちになっている。こう言った事情も日本兵がなかなか投降しない原因になっていると思われる。

そこで彼らを説得するためには、静かな環境で日本人同志で相対で辛抱強く説得するほかはない。なんとか日本人だけで完全な日本兵の姿で行かせてほしい。さらに具体的な要求として、四八時間の発砲停止、背のうにレーション、チョコレート、キャラメル、缶詰などの食糧を持たせること、傷病者や栄養失調者には十分な医療手当と保護をお願いしたい。我々に白旗も用意してほしい」といった内容を書き記した。

するとと米軍側はこれを了承してくれ、二名の者が山へ説得に向かうことになった。一夜明けると、一八名の日本兵を連れて帰ってくることが出来た。米軍の中尉や部隊長までもが「おめでとう」と私たちに呼び掛けた。その後も次々と投降者が増えていった。

最後には米軍との協力により梅沢部隊長（球一六七七七部隊）を投降させることが出来、部隊長の実印入りの手紙を用意し、最後まで山に残っていた兵士たちを収容することが出来たのである。梅沢部隊長の収容に際しては、米軍の少尉に対し「待遇は出来るだけ丁重にし、軍人としての名誉を聊かも傷つけることのないよう」依頼した。梅沢部隊長は「米軍は敗者に対しては実に寛大だ。日本人はその点大変恥ずかしいくらい狭量だ」と感慨を込めて語った。

次第に収容所は満杯になり、六月の一〇日過ぎ、私どもも部隊長共々沖縄本島に移されることになった。

（『肝ぐりさ沖縄』三二～四八頁）

4. 大竹清太郎氏の収容所ノートから

「なわの会」については第1部で紹介したところですが、本書を出版するにあたり大竹清太郎さんのご家族に写真掲載等のご了解をいただくためご連絡を差し上げたところ、掲載についてご承諾をいただいたばかりでなく、清太郎さんが牧港捕虜収容所で書かれた「収容所ノート」があるとのことで、送っていただきました。

拝見しましたところ、昭和二一年一一月一五日の日付があり、当時の収容所で「オリオン座」の舞台を一緒に演じた人たちが収容所を去るに当たって書かれたメモを大竹さんがまとめられたノートであることがわかりました。数えてみましたところ大竹さんを入れて四五名もの方が書いておられました。本文中に掲載した大竹さんのスケッチもありました。小澤さんから見せていただいたスケッチは写真だったのですが、このノートが原画だったことがわかりました。

大変貴重な資料であるため、大竹さんのご家族のご了解をいただき、京都府立大学で保存させていただくことといたしました。

大竹さんは一二月二五日に名古屋へ引き揚げておられますので、恐らくその年の一〇月頃から本土へ引き揚げられることが通知されたのでしょう。大竹さんが部隊メンバーに呼びかけをして何か一言ずつ書くように依頼されたようです。中には一一月一日という日付が入ったものもありましたので、その前後に書かれたもののようです。収容所から全員が一緒に帰国できたわけではなかったようで、大竹さんより先に帰ることを心苦しく思っている様子も書かれてありました。一人一枚ずつA5サイズのわら半紙に、オリオン座の思い出や大竹さんへの感謝、中には早く書くように大竹さんに迫られて……といった弁解も書かれています。絵が得意な人は舞台の女形の絵や沖縄の海の景色、草花なども絵具を使って書かれていました。ノートの一部を抜粋して紹介します。

「満州より宮古島へ、そして沖縄までずっと一緒だった大竹兄、影となり陽向となってお世話になったのに、今一足早く帰ることは心苦しい、願わくば一緒に帰りたい。帰られたら是非来て下さい」

「待望の帰国、嬉しい復員。そして淋しいお別れ。長い様な短い様な月星。味気ない生活の中にもオリオンで楽しく過ごしましたね、なんだか夢のようです。帰国したら職務に邁進し、祖国復興のためにしっかりやろう」

この他、故郷に帰ってからもオリオン座のことは忘れない、おセンちゃんこと大竹さんのことも忘れないから、僕のことも思い出してほしいと、それぞれの人が書いています。帰ってから訪ねてきてほしいと自宅の地図を書いている方もありました。

この「収容所ノート」からは、私たちが想像していた捕虜収容所の暗さやみじめさは伝わってきません。確かに米軍が用意した食料のレーションはバターやチーズ、ミルクの味で日本人の舌には合わず、終戦後も長く拘束されて故郷へ帰れる日を焦がれる思いで待ちわびたことでしょう。そんな中でも生きる希望を失わず、収容所にある廃品を利用して何かを作ろう、なんとかして遊びを見つけようといろいろ工夫する中で、かつて劇を演じていた人、絵が描ける人、道具作りが得意な人、脚本が書ける人などなど、自分の得意を生かしてだんだんと演劇が生まれていったのだと思います。そんな中で自分の新たな才能に目覚めたり、踊りや歌が上達したりと、一年と少しの間にも楽しみや生きがいが見出されていったのでしょう。捕虜であることを忘れるくらいに没頭し、楽しみ、また挑戦するという奇跡の演劇が塀の中で生まれていたのは本当に驚くべきことです。米軍も一緒に楽しんで観劇していたというのも貴重なひとコマではないでしょうか。人はどんな過酷な状況にあっても希望を失われなければ生きていけるということを証明したのが「オリオン座」だったのではないでしょうか。

ありったけの地獄を集めたといわれる沖縄戦では人間の最も醜くおぞましい部分をさらけ出しましたが、その反面で美しくてやさしい、楽しく共に笑い合う、もうひとつの人間らしさも見失っていなかったのです。それは日本の兵士も米軍の兵士も同じだったんです。奇跡の「オリオン座」の舞台は二度と見ることはできませんが、「なわの会」の皆さんの生き方に学ぶべきことは多いのではないでしょうか。

一枚一枚どれも達筆で味わい深く、すべてを紹介したいほどですが、ページも限られていますのでいくつかを写真とキャプションで紹介させていただきます。

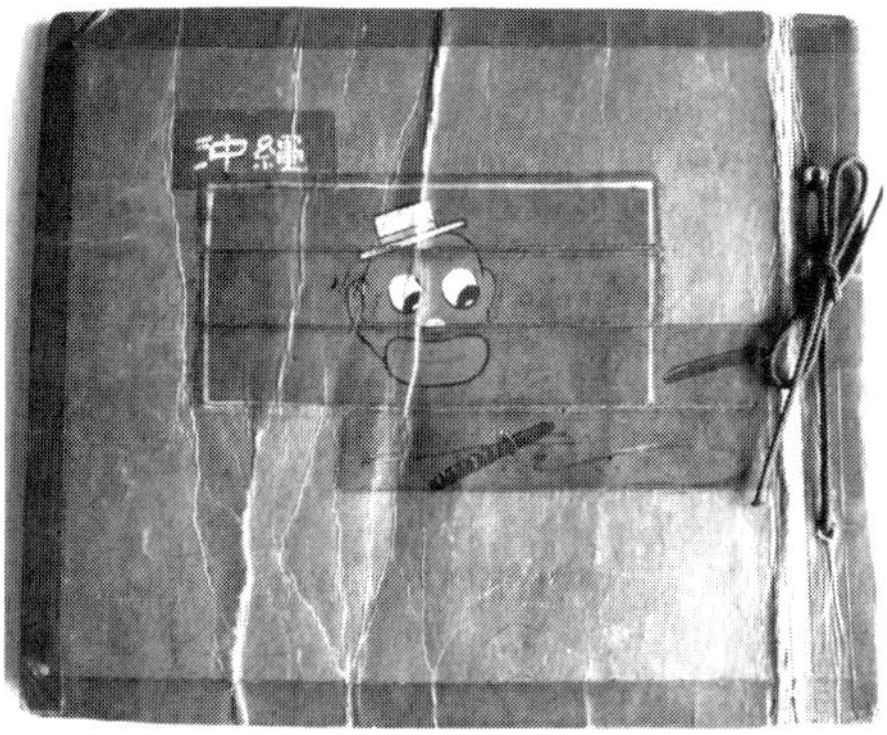

イラストと「沖縄オリオン おきなわオリオン座」と書かれた表紙。茶色い紙にセロハンテープでコーティングがしてあり、本土に戻ってから製本されたものと思われます。

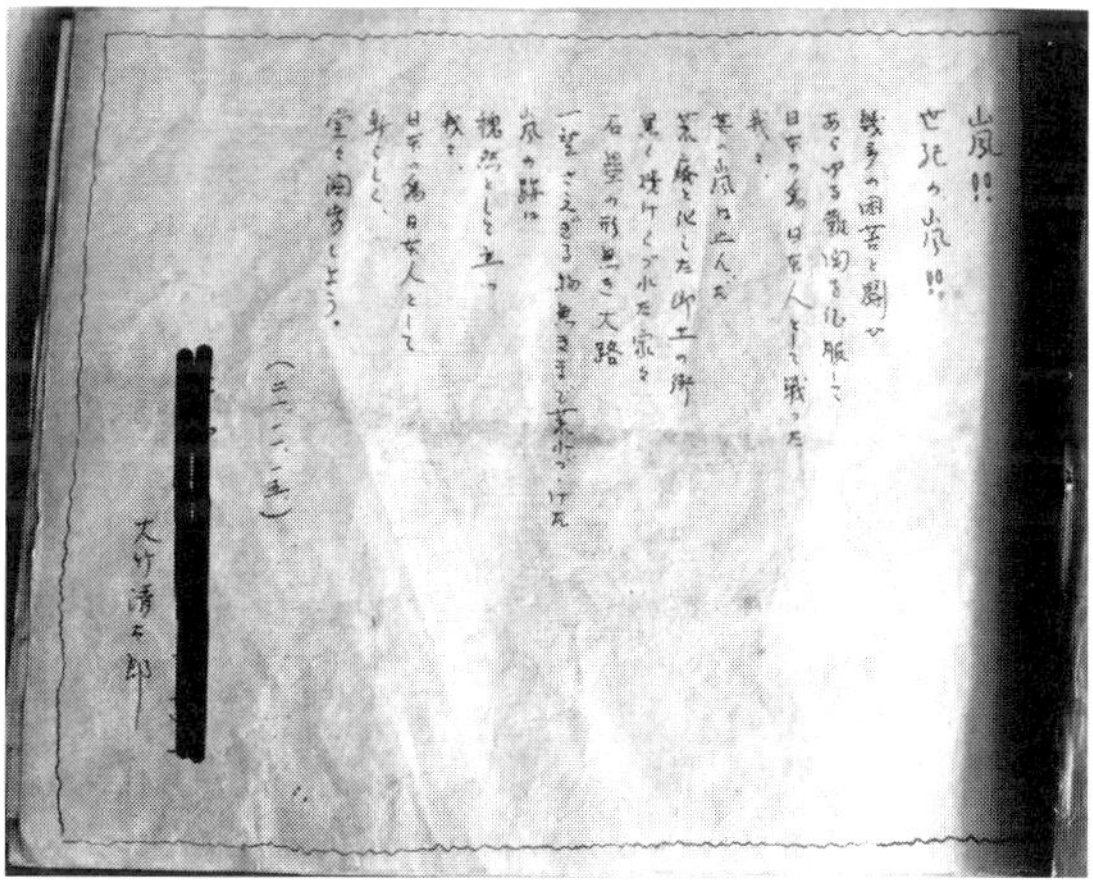

「嵐!!　世紀の嵐!!
幾多の困苦と闘ひ　あらゆる難関を征服して　日本の為日本人として戦った我々　其の嵐は止んだ　荒廃と化した郷土の街
黒く焼けくづれた家々　石塁の形無き大路　一望さえぎる物無きまで荒れつづけた　嵐の跡にき然として立つ　我々　日本の為　日本人として　新しく　堂々と闊歩しよう。

(21.11.15)(住所)大竹清太郎

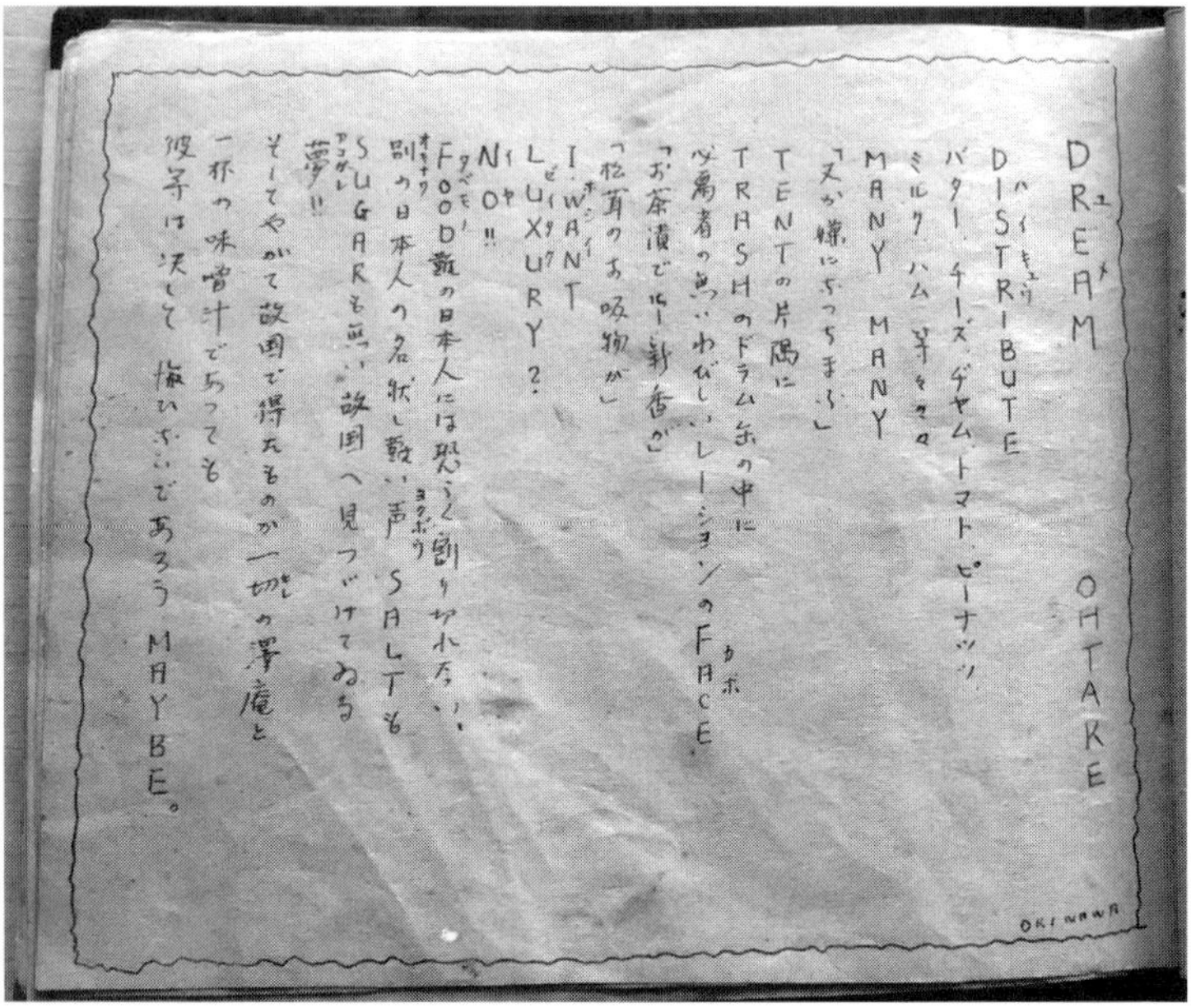

DREAM（ユメ）　OHTAKE　（大竹清太郎）
DICTRIBUTE（ハイキュウ）
バター、チーズ、ヂヤム、トマト、ピーナッツ、ミルク、ハム、等々々々
MANY　MANY「又か嫌になっちまふ」
TENTの片隅に　TRASHのドラム缶の中に　必需者の無いわびしいレーションのFACE
「お茶漬けで御新香が」「松茸のお吸物が」
I　WANT（ホシイ）　LUXURY?（ゼイタク）　NO!!（イヤ）
FOOD難の日本人には恐らく割り切れない。
別の（オキナワ）の日本人の名状し難い声（ヨクボウ）
SALTもSUGARも無い故国へ見つづけてゐる夢!!（アコガレ）

そしてやがて故国で得たものが一切れの澤庵と一杯の味噌汁であっても　彼等は決して悔ひないであろうMABE。

おせん　次郎吉
大竹さん　時三郎筆
（女形の先生だった中村時三郎氏の絵）

大竹さん!!　愈々御別れですね　一足先に帰らせて戴きます。色々と御世話になりました。帰っても沖縄!!牧港!!オリオン座!!そして僕の大好きなお仙ちゃん!!わすれられぬ思い出として残るでしょう。御健康と御多幸を祈ります。（住所、氏名）

5. 沖縄の戸籍について

沖縄戦では、多くの命とともに家屋などの財産が失われたばかりでなく、役所に保管されていた行政文書や土地登記簿や戸籍簿も焼失しました。約一五万件余りの戸籍が失われたといいます。

ひとまず困ったのは、物資の配給でした。戸籍がなければ米軍からの支援物資を受け取ることもできません。こうしたことから昭和二一年（一九四六）「臨時戸籍取り扱い要綱」が沖縄商務部長通牒として各市町村長あてに通知されました。

しかし、これはあくまで臨時のもので、配給台帳として使われるものであったことから、様々な混乱も引き起こしました。例えば、女性が男性になったり年齢が全く違っていたり、仮の夫婦ができあがったりといった具合です。

小澤高子さんの家族のように、本土出身の傷痍軍人が沖縄の人と結婚をして沖縄住民になるということもありました。小澤さんのお母さんの場合には、そうせざるを得ない状況があったのですが、中には孤児となった子どもを何人か戸籍に入れて、援護金をもらおうとした人もいたようです。

また姓名についても、新しく作られることが多くありました。小澤さんの家族も過去の戸籍とは関係のない「徳田」という名字にしました。なんとなく徳があって裕福になれそうな名だからということでした。

これについても、本来は祖先の姓に復することが正しいのでしょうが、改名願いを受け取る市町村においては、事務の煩雑さを避けるため、戦後に改姓したものはそのままで良いとし、戸籍簿、世帯簿を市町村が整備をして知事の許可を受けることとなりました。先祖の戸籍も焼失し、個人を特定できる証明書類が無くなってしまったため、本人の申し出により市町村長が認めることになったのです。

本土の日本では昭和二三年に民法が改正され、同時に戸籍法も改正されました。しかし、アメリカの占領下にあった沖縄には、日本の法の効力が及びませんでした。そこでその後、昭和二八年（一九五三）に沖縄において「戸籍整備法」が制定されます。

昭和二一年の臨時戸籍では

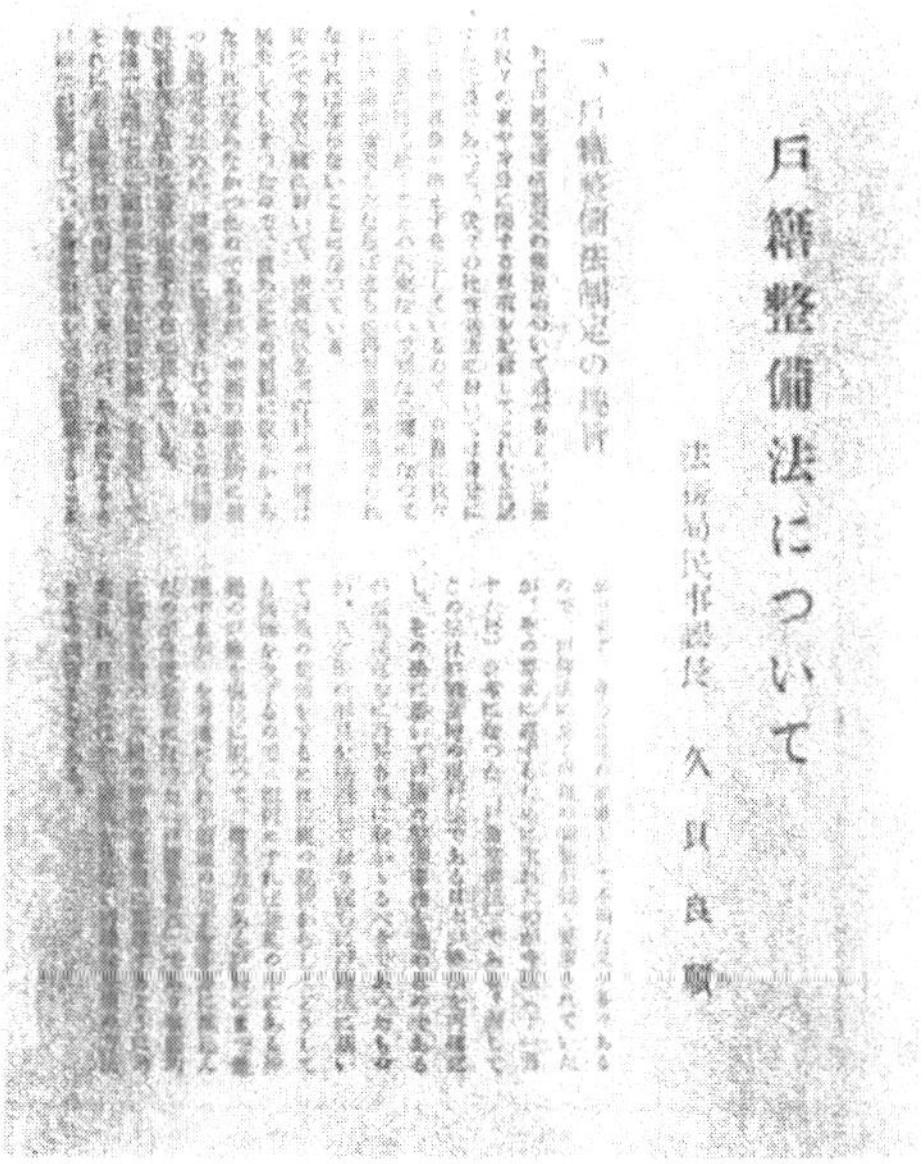
戸籍整備法について

「戸籍整備法」に関する資料。『情報』1954年度第6号に掲載された法務局民事部長久貝良順の文書（沖縄県公文書館資料より）

身分の確認が十分でなく不備もあるため、身分の公証に遺憾のないようにするため、戸籍法に基づいて戸籍の再製が行われることになりました。この背景として、「戦傷病者戦没者遺族等援護法」と「恩給法」が沖縄にも適用されることとなったため、受給手続きのために戸籍謄本が必要となったためということがありました。

これについても、本人もしくは親族等が部落ごとに設定した戸籍整備員に申告書を提出すると、これを受理した市町村長が戸籍調査員会で審査し、一定期間の公開後、行政主席の名で戸籍として認定されるというものでした。

小澤さんの家族が「徳田姓」による新しい戸籍を取得したのはこの頃だったのです。そしてその戸籍で家族全員が新天地での夢を描いて、本土へと移民しました。

戦争はこのようにあらゆるものを焼き尽くし、「自分は誰なのか」という本人の所在も滅失してしまいます。しかし、それはけっして消せるものではなく、一人ひとりの胸の中に、戦争の辛酸な記憶とともに残り続けるものだと思います。

（本稿は、奥山恭子「戦後沖縄の法体制と戸籍の変遷」『横浜国際社会学研究』第一一巻三号及び、井戸まさえ『日本の無国籍者』を参照しました。）

6. 北霊碑について

沖縄戦では二四万人余りの兵士が命を落としました。一三六頁の一覧表は、沖縄県営平和祈念公園にある「平和の礎」に刻まれている戦死者の人数です。図にあるように、日本の兵士ばかりでなく、米国、英国、台湾、北朝鮮、大韓民国の兵士も亡くなっています。

そして日本国内では、沖縄の兵士一四万九六三四人をはじめ、本土出身の兵士七万七八二三人も亡くなりました。

各都道府県ごとの慰霊碑は昭和三六年（一九六一）以降、摩文仁の丘を中心とした沖縄本島南部に建立されました。琉球政府により戦後復興政策のひとつとして、「慰霊観光」を推進することになり、摩文仁の丘一帯の公園化と道路整備が進められました。これにより、各都道府県に対しても、摩文仁の丘周辺の土地が推奨されていったのです。

しかし、北海道の「北霊碑」は昭和二九年（一九五四）という最も早い時期に建てられました。戦死者が一万八〇五人と、他の都道府県の中でも突出して多かったことから、遺族への援護や沖縄での戦没者の調査を進めてほしいと、終戦翌年の昭和二一年（一九四六）六月に、「北海道連合遺族会」が設立されました。

その後、沖縄で慰霊行為を執り行うという動きを実現していくに当たっては、北海タイムスの山元芳一氏の熱意と尽力が大きかったのです。

しかし、当時の沖縄はまだ焼け野原のままで戦後の混乱の真っただ中にあり、しかもアメリカの占領下にありましたので、戦没者の調査や遺骨の収集など、不可能な状況でした。

昭和二六年（一九五一）にサンフランシスコ条約が調印され、ようやく日本政府に旅券発給の許可権限が移管されました。しかし、観光渡航用の外貨購入の自由化は昭和三九年（一九六四）になってからのことですので、外国への渡航はまだまだ至難でした。

沖縄が日本に返還されるのは昭和四七年（一九七二）です。当時の日本政府が沖縄以外の南方諸島も含めた遺骨収集を進めるためには、その方針と方法について米国側との交渉が必要だったのです。

そうした状況の中で、昭和二八年（一九五三）に民間団体である「北海道連合遺族会」の渡航許可が下りることになったのです。それは、遺族会の熱い思いと粘り強さの結果でした。ただし、遺骨収集ではなく「慰霊行為のみ」ということで人数も三〇人と制限され

糸満市米須の「北霊碑」
（2023年6月24日筆者撮影）

ました。

また、当時制限されていた外貨の割り当てについても、沖縄側に身元引受人がいることが条件とされました。これについては、沖縄遺族連合会と琉球新報社が身元引受人となったことで、政府の了解が得られたのです。このことは、沖縄側にとっても、その後の本土の遺族を迎え入れるための方針や対応を考えるうえで、大いに参考となりました。

そして、遺族会として渡航の準備が進められる中で、慰霊碑も建立することとなり、影徳神社（札幌護国神社）の境内の川にあった三つの石を用いて造ることとし、船で沖縄へと運んだのです。

こうして、昭和二九年（一九五四）四月三日に北霊碑の除幕式と慰霊祭を執り行うことができたのです。

北海道の出身だった金野英二さんは、旭川の軍に入隊し、衛生兵として沖縄戦の陸軍第二四師団に配属されていました。二四師団には一万八三三八人が配属されていましたが、旭川で召集されたため北海道出身者が多かったのです。六月の沖縄戦終結時には部隊は壊滅し、北海道出身者の生存者はわずか一千人程度だったのです。

そのような激戦のさ中に、隊を抜け出して高子さんを助けに行った金野さん。その勇気と誠意に改めて敬意と感謝をお伝えし、ご冥福をお祈りします。

（本稿は浜井和史著「北の果てから南の島へ―北霊碑巡拝団の沖縄渡航とそのポイント」、『戦没者遺骨収集と戦後日本』等を参照としました。）

平和の礎・各地域別刻銘者数一覧
（令和5（2023）年6月現在・沖縄県資料抜粋）

出身地別刻銘者総数（①令和４年度刻銘者数　②令和５年度追加刻銘者数
③令和５年度削除者数(二重刻銘等)　④令和５年度刻銘者総数）

出身地		①	②	③	④
日本	沖縄県	149,611	24	1	149,634
	県外都道府県	77,485	341	3	77,823
外国	米国(USA)	14,010			14,010
	英国(UK)	82			82
	台湾	34			34
	北朝鮮	82			82
	大韓民国	382		1	381
	合　計	241,686	365	5	242,046

沖縄県以外の都道府県出身刻銘者数
（①令和５年度追加刻銘者数　②令和５年度刻銘完了後の刻銘者総数）

	①	②		①	②		①	②
北海道		10,805	石川県		1,072	岡山県	9	1,847
青森県	5	570	福井県		1,185	広島県	296	1,672
岩手県	5	690	山梨県	1	551	山口県		1,209
宮城県		637	長野県		1,376	徳島県		1,285
秋田県		485	岐阜県		1,075	香川県	2	1,396
山形県	1	867	静岡県		1,715	愛媛県	10	2,100
福島県		1,014	愛知県	1	2,974	高知県		1,008
茨城県		755	三重県		2,728	福岡県		4,030
栃木県		696	滋賀県		1,691	佐賀県	1	1,033
群馬県		881	京都府	1	2,544	長崎県		1,601
埼玉県		1,138	大阪府		2,339	熊本県		1,975
千葉県		1,622	兵庫県		3,202	大分県		1,491
東京都		3,521	奈良県		591	宮崎県		1,854
神奈川県	3	1,337	和歌山県		916	鹿児島県		2,930
新潟県	1	1,236	鳥取県	2	555			
富山県	3	879	島根県		745	合　計	341	77,823

7. 京都沖縄県人会会長だった津覇實雄氏と津覇正子氏の琉球王朝とのつながり

京都沖縄県人会の会長だった「津覇實雄」氏は、琉球国王第二尚氏王統の第三代尚真王の子「實元」の十五代目に当たる方でした。琉球王の系譜にある方で代々各王に仕えてきたのですが、四代目「實賢」の時に少し系譜に問題が起こります。このことについて、小澤さんは津覇實雄さんの妻、正子氏からお話を聞かれ、二〇〇一年に實雄氏と正子氏により共同で編纂された『私家版真姓門中家譜』と、その後正子氏が調査され二〇一五年に出版された『私家本　真氏系図から見る歴史』をもらわれました。實雄氏も正子氏もすでに亡くなっておられるのですが、そのご家族の方のご了解をいただき、その内容を簡単にまとめ、ここに紹介させていただきます。

門中は真という姓で、初代實元は一五二三年に尚真王を父とし、美里アムシダレを母として生まれました。琉球王国の士族の称号は「仲宗根筑登之親雲上《ナカソネチクドウンペーチン》」といって、第五代尚元王と第六代尚永王に仕え、宮古島などで重要な役割を担いました。そして、四世「實賢」津覇《ツハ》親方《オヤカタ》は第九代尚賢王の子として生まれましたが、尚賢王は一六歳で即位し、二三歳の若さで亡くなっており、實賢が生まれた時はまだ正式に妃と結婚する前だったため、浦添間切の妃の侍女の子として預けられ八歳まで育てられました。

　第九代尚賢王の弟である第十代尚質王は、兄の遺命により王となりますが、我が子尚貞を世子にするため實賢の存在を不安に思い、一六五〇年に王の世譜である「中山世鑑」を作成した際に實賢の名を載せませんでした。このため、八歳から二三歳までの一五年間、身分と位階がありませんでした。その上、役職も「筑登之座敷《チクドゥンザシキ》」という品位が最も低い「従九品」におとしめたりしたのです。

　しかしその後王に就任した第十一代尚貞王は、三歳の時から八歳であった實賢がお相手役として仕えており實賢の出生の事実も知っていました。王となってからの三年間も円覚寺で共に勉学に励んだ仲であったため、位階を上げて次々に重要な役に就かせていきました。こうして、その後の五世實昌、六世實延、七世實相、八世實有、九世實愈と続き、實賢没後、津覇家は親方家としてその子孫は知行領地を給せられました。その系譜の第十五代目が津覇實雄さんだったのです。

　津覇實雄氏と正子氏は、沖縄戦で紛失してしまった家譜の写しを昭和四八年に一門の方が持っておられるのを知り、それを基に『私家版真姓門中家譜』を編纂されました。原文は全文が漢文で、大変苦労をされたそうですが、二〇〇一（平成一三）年にその偉業を成し遂げられました。

　そして正子さんはそれを読まれて、四世「實賢」の系譜が不自然であることから、専門家の方にも教えていただきながら、その世継の経緯を二〇一五（平成二七）年に『私家版真氏系図から見る歴史』としてまとめられたのです。實雄氏が亡くなられた後は妻の正子氏が京都沖縄県人会の会長を継がれましたが、小澤さんは県人会の会長をそういった由緒の方がされていたということは、沖縄県人として誇りでもありましたとお話されていました。実際にそれらの書籍を拝見し、大変な努力をされたことがわかりました。

沖縄の方にとって「門中《もんちゅう》」（沖縄の方言でむんちゅう）は父方の一族でつながる系譜のことで大変結束が強く、沖縄の祖先崇拝の理念は子々孫々に大切に受け継がれて来たのです。しかも琉球王朝につながる系譜ですので、その門中の系譜に意図的な削除があったとすれば、それは後々の子孫にとっても自分の出生を傷つけられたように悲しむべきことだったのではないかと思います。

それだけに正子氏は、琉球史や首里城王朝記などを調査され、琉球大学の名誉教授である高良倉吉先生のご指導も受けられながら系譜を調べ直しされたのです。そしてこの事実を書籍にして明らかにされることは、琉球王朝の系譜の上の真実の一端を知ることにもなります。しかし、この書籍は「私家本」であり流通することはありませんでした。この度、正子氏のご息女のご了解をいただくことができましたので、津覇實雄氏と正子氏の偉業を讃え、ここにその歴史の一端を紹介させていただきました。今後も津覇家の家系の背景にある琉球史について調査・研究を続けていきたいと思います。

第一尚氏王統

○数字は何代目、西暦は在位期間を示す

①尚思紹王
②尚巴志王
③尚忠王
④尚思達王
⑤尚金福王
⑥尚泰久王
⑦尚徳王

第二尚氏王統

第一尚氏６代王、尚泰久に仕えていた金丸（尚円）が、第７代尚徳王の没後に立てた王統。先の王統と区別するため第二尚氏王統と称する。
沖縄京都県人会の会長だった津覇實雄氏は、第二尚氏王統の第３代尚真王の子「實元」の15代目に当たる。

尚稷
②尚宣威王
①尚円王 1470–1476
③尚真王 1477–1526
④尚清王
⑤尚元王
⑥尚永王
尚維衡
尚弘榮
⑦尚寧王
（子）初代實元 1523年生れ
尚久
⑧尚豊王
（兄）⑨尚賢王 1641–1647
（弟）⑩尚質王 1648–1668
⑪尚貞王 1669–1709
尚純
⑫尚益王
⑬尚敬王
⑭尚穆王
尚哲
⑮尚温王
⑯尚成王
⑰尚灝王
⑱尚育王
⑲尚泰王 1848–1879
尚典

（子）４代實賢
1639年生まれ、8歳の時から第11代尚貞王に仕えるものの、8歳から23歳までの系譜が「中山世鑑」になかった。

15代目津覇實雄
1930–2018

小澤高子の年表・歴史・主なできごと

（終戦まで）

元号(西暦)		小澤高子の年表	歴史・主なできごと　●は沖縄関連
明治27年（1894）			日清戦争勃発。1895年日清講和条約により日本は遼東半島、台湾、澎湖島を日本の領土に。 ●沖縄県は清国の敗北により旧慣改革が進み日本への同化に傾く。
明治35年（1902）			日英同盟締結。
明治37年（1904）			日露戦争勃発。 ●この頃から学校で「方言札」が出現する。
明治38年（1905）			日露講和条約（ポーツマス条約）締結。ロシアから韓国の指導・監督権、旅順・大連の租借権、樺太を取得。

明治39年（1906）			●「沖縄学の父」と呼ばれる伊波普猷、東京帝国大学を卒業し沖縄県立図書館の館長となる。
大正3年（1914）			第一次世界大戦勃発。日本は日英同盟に基づき連合国の一員として参戦。ドイツが東アジアや太平洋に領有していた地域を占領。 ●軽便鉄道敷設。
大正8年（1919）			第一次世界大戦終結。ベルサイユ条約締結により日本はドイツ領赤道以北太平洋諸島の委任統治と中国山東省の利権を取得。 ●小澤さんが生まれたサイパン島など南洋群島はこの時から占有。
昭和4年（1929）			●世界大恐慌により沖縄はソテツ地獄に陥る。ハワイを中心に移民者が増加する。
昭和6年（1931）			満州事変勃発。
昭和8年（1933）			●首里城大修理工事完了。

		実父小林サイパンへ派遣。詳細不明	
昭和11年（1936）			二・二六事件勃発。
昭和12年（1937）	誕生	4月2日小澤高子サイパンで生まれる。	日中戦争勃発。
昭和14年（1939）	2歳		第二次世界大戦勃発。
昭和16年（1941）	4歳		日本がアメリカ・ハワイの真珠湾を奇襲攻撃し宣戦布告。太平洋戦争が始まる。
昭和17年（1942）	5歳	3月沖縄の糸満市賀数へ母と母の父母、姉の四人で移る。	日本軍マニラ・ラングーン占領。ラバウル、ジャワ、ニューギニア上陸。6月ミッドウェー海戦敗北。10月南太平洋海戦。
昭和18年（1943）	6歳		日本軍ガダルカナル島撤退、アッツ島玉砕。マリアナ沖海戦。学徒動員体制が確立される。

昭和19年（1944）	7歳	4月糸満市兼城小学校へ入学。10月頃から空爆を受けるようになりガマへ避難する。	日本軍3月インパール作戦を開始。 ●日本軍3月沖縄に第32軍を配備。 ●7月サイパン島の日本軍全滅。 ●沖縄からの学童疎開船「対馬丸」が攻撃を受けて沈没。 ●沖縄10・10空襲。 10月米軍レイテ島上陸。11月東京空襲。
昭和20年（1945） 1〜3月	8歳		1月名古屋空襲。2月米軍マニラ進入。3月東京・大阪・神戸・名古屋空襲。硫黄島の日本軍全滅。 ●3・26米軍沖縄の慶良間諸島上陸。
4月			●4・1米軍沖縄本島読谷村に上陸。 ●4・3宜野湾市嘉数高地で激戦。 ●4・25前田高地で激戦。 東京大空襲。ドイツのヒトラー自殺。
5月		5月座波のガマで肺炎にかかり、金野衛生兵に助けられる。	●米軍沖縄首里を陥落。 ドイツ降伏。
6月			

8月		家族と一緒に米軍の捕虜になる。収容所を転々とする。	●沖縄第32軍牛島司令官と長参謀長が自決し沖縄守備軍は壊滅。多くの兵士と住民が戦火の中、南部の島尻へ追いつめられ、自決又は捕虜となる。
9月			6日広島、9日長崎に原爆投下。14日御前会議、ポツダム宣言を受諾。15日天皇陛下戦争終結を宣言。
			●沖縄戦終結。9月7日に琉球列島の全日本軍の無条件降伏を受け入れる。

（戦後昭和61年まで）

元号(西暦)		小澤高子の年表	歴史・主なできごと　●は沖縄関連
昭和21年（1946）	9歳	賀数へ戻って生活の再建を始める。 母が再婚し新しい父ができる。 臨時戸籍を作る。 小学校が再開される。	●捕虜となっていた兵士の本土への帰還が始まる。

		この頃にサイパンの実父も本土へ引き揚げる。	
昭和26年（1951）	14歳		●サンフランシスコ講和条約締結により沖縄は日本から分離され米軍の管理下に置かれる。日本主権回復、日米安保条約締結。
昭和27年（1952）	15歳	妹が生まれる。	●琉球政府創設。
昭和28年（1953）	16歳		政府、南洋群島の遺骨収集を実施。 ●沖縄では各地区ごとに住民の手で遺骨が集められ慰霊が行われていた。 ●すでに米軍により沖縄住民の土地は接収されていたが、「土地収用令」が交付され明文化された。 ●沖縄に「戸籍整備法」が制定される。
昭和29年（1954）	17歳	実父のいる京都の京北町へパスポートを取って遊びに行く。	●北海道出身兵士のための「北霊碑」が糸満市米須に建立される。
昭和31年	19歳	沖縄で美空ひばりの公演が開催	経済白書に「もはや戦後ではない」と記述さ

（1956）		される。	れ、戦後復興は終了し今後の成長は近代化によって支えられると明言された。
昭和32年（1957）	20歳	家族と一緒に沖縄から大阪へ移住する。	●那覇市識名に戦没者中央納骨所が設置される。
昭和34年（1959）	22歳	大阪の伊賀屋ふとん店に勤める。	●宮森小学校とその付近（石川市・現在のうるま市）に米軍機が墜落し児童を含む死者17人、負傷者２１２人の大惨事が発生する。
		実父の養子となった小林八十二さんと結婚する。	日米安全保障条約（新安保条約）が締結される。安保闘争により学生運動が激化する。
		9月に娘を出産するが12月に亡くなり、小林家を離れて小澤姓になる。	
昭和36年（1961）	24歳	長男誕生	
昭和38年（1963）	26歳	次男誕生	

昭和39年（1964）	27歳		●宜野湾市嘉数に「沖縄京都の塔」が建立される。 東京オリンピック開催。東海道新幹線開通。
昭和40年（1965）	28歳		ベトナム戦争始まる。 ●嘉手納基地が米軍の補給・出撃基地になる。 ●沖縄戦跡政府立公園の整備が始まる。 ●各都道府県の塔の建立が盛んになる。
昭和43年（1968）	31歳	三男誕生	●嘉手納基地でＢ52爆撃機が墜落炎上し、近隣住民16名が負傷し、屋良小学校はじめ３６５棟の建物が被害を受ける。 ●サイパンに「おきなわの塔」が建立される。
昭和45年（1970）	33歳		大阪で万国博覧会が開催される。 ●コザ市（現在の沖縄市）で反米騒動が起こる。
昭和46年（1971）	34歳	3月金野英二さんと再会する。 7月金野さんと一緒に沖縄へ慰霊旅行をする。	

昭和47年（1972）	35歳		●沖縄が本土に復帰する。沖縄振興計画が策定される。 旧日本兵横井正一さんがグアム島から帰還する。
昭和48年（1973）	36歳		ベトナム和平協定が締結され1975年に戦争終結。
昭和49年（1974）	37歳	2月「沖縄戦友なわの会」が設立され以後参加する。	
昭和50年（1975）	38歳		●沖縄国際海洋博覧会が開催される。
昭和53年（1978）	41歳	この頃からデパートで働き始める。	●「沖縄戦跡国定公園」が完成する。
昭和54年（1979）	42歳		●糸満市摩文仁に墓苑ができる。
昭和59年	47歳	11月「沖縄戦友なわの会」第10	

（1984）		回沖縄大会開催。	
昭和60年（1985）	48歳	5月15日金野さんを京都に招待して案内する。 7月13日金野さん永眠される。	
昭和61年（1986）	49歳	沖縄戦跡めぐり（野間浩二さんたちと一緒に）。	

（平成から現在まで）

元号（西暦）		小澤高子の年表	歴史・主なできごと　●は沖縄関連
平成2年（1990）	53歳		東西ドイツ統一。
平成3年（1991）	54歳	「なわの会」静岡大会開催。 10月母と一緒にサイパンを訪問し神社で慰霊参拝する。	湾岸戦争始まる。 ソビエト連邦共和国崩壊。 バブル経済崩壊。
平成4年（1992）	55歳		●沖縄復帰20年事業として首里城が復元される。

平成7年（1995）	58歳		●戦後50年事業として「平和の礎」が整備される。 ●沖縄米兵3名による少女暴行事件が起こる。10月21日県民総決起大会が開かれ日米地位協定の見直しや米軍基地の整理統合を求める抗議決議を採択。
平成8年（1996）	59歳		阪神淡路大震災が起こる。 地下鉄サリン事件が起こる。 ●普天間基地の全面返還が合意され名護市への移設計画が持ちあがる。
平成11年（1999）	62歳	「なわの会」の締めくくりとして「沖縄を偲ぶ会」を京都で開催。	
平成12年（2000）	63歳		●主要国首脳会議・沖縄サミットが開催される。 ●「琉球王国のグスク及び関連遺産群」が世界遺産に登録される。
平成14年	65歳	京都泡盛同好会が結成され、入	

（2002）		会する。京都沖縄県人会に入会する。栃木県にいる父の姉に会いに行く。	
平成16年（2004）	67歳	この頃から京都泡盛同好会や県人会の活動を中心に沖縄戦や沖縄文化に関する様々な活動を行う。	●沖縄国際大学に普天間飛行場所属の大型ヘリが墜落する。
平成17年（2006）	69歳	京都泡盛同好会に檀王法林寺の信ヶ原雅文住職が入会し役員となる。	
平成19年（2007）	70歳	近鉄百貨店閉店。勤務を終える。	
平成20年（2008）	71歳	檀王法林寺で保育園児に戦争体験の講演をする。	
平成21年（2009）	72歳	南風原町の弁護士会の取材を受ける。	

平成23年（2011）	74歳	檀王法林寺で京都泡盛同好会の松田明氏をしのぶ会を開催。	
平成29年（2017）	80歳	7月12日ラジオ放送FM845で戦争体験を話す。	
令和元年（2019）	82歳	10月30日母が亡くなる。	●10月31日首里城が火災で焼け落ちる。
令和2年（2020）	83歳		新型コロナウイルスの感染が世界規模で広がる。
令和4年（2022）	85歳		●2022年沖縄復帰50周年 ●米軍普天間基地の辺野古への移設をめぐり、反対する県と国の対立が続く。ロシアがウクライナを侵攻する。
現　在（2023）	86歳	『沖縄戦を生き抜いて』が出版される。	

小澤高子の家族の系譜図

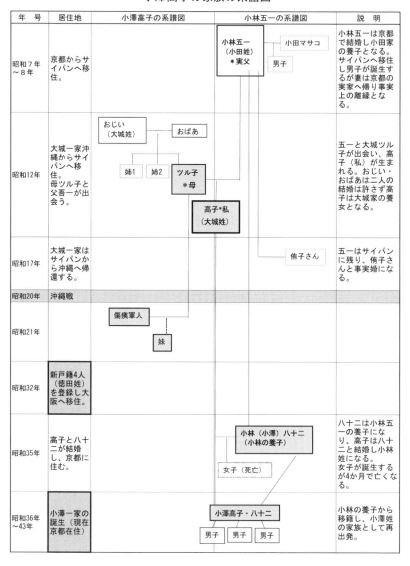

年　号	居住地	小澤高子の系譜図	小林五一の系譜図	説　明
昭和７年 ～８年	京都からサイパンへ移住。		小林五一 （小田姓） ＊実父 小田マサコ 男子	小林五一は京都で結婚し小田家の養子となる。サイパンへ移住し男子が誕生するが妻は京都の実家へ帰り事実上の離縁となる。
昭和12年	大城一家沖縄からサイパンへ移住。 母ツル子と父吾一が出会う。	おじい （大城姓） おばあ 姉1 姉2 ツル子 ＊母 高子*私 （大城姓）		五一と大城ツル子が出会い、高子（私）が生まれる。おじい・おばあは二人の結婚は許さず高子は大城家の養女となる。
昭和17年	大城一家はサイパンから沖縄へ帰還する。		侑子さん	五一はサイパンに残り、侑子さんと事実婚になる。
昭和20年	沖縄戦			
昭和21年		傷痍軍人 妹		
昭和32年	新戸籍4人（徳田姓）を登録し大阪へ移住。			
昭和35年	高子と八十二が結婚し、京都に住む。		小林（小澤）八十二 （小林の養子） 女子（死亡）	八十二は小林五一の養子になり、高子は八十二と結婚し小林姓になる。 女子が誕生するが4か月で亡くなる。
昭和36年 ～43年	小澤一家の誕生（現在京都在住）	小澤高子・八十二 男子 男子 男子		小林の養子から移籍し、小澤姓の家族として再出発。

おわりに

最後までお読みいただきありがとうございました。いかがでしたでしょうか。

これまでにも何人かの方から沖縄戦のお話を聞かせていただいてきましたが、その多くは戦争の悲惨さが中心でした。でも、小澤さんのお話にはそれだけではない、生き抜くためのコツのようなたくましさと明るさが感じられるのです。

とにかくどんな状況にあっても人とのつながりを一番大事にされます。手紙を書き、電話をし、足を運び、笑顔で交流を重ね続ける。本土に渡っても、沖縄のことをわかりあえる人を探し出し、その結びつきを大事に互いに共感しあうことが、今を生きる力になってきたように思われます。

それはきっと現代を生きる私たちやこれからの若い世代の人たちにも通じる生き方の知恵のように思います。

最後のページにまとめた解説・資料編では、沖縄戦が始まる前の南洋群島での戦禍や戦後の遺骨収集と慰霊碑についても触れました。

海洋に浮かぶように連なる琉球列島。その沖縄という地理的な位置付けが日本とアメリカの両国によって利用され、踏みにじられ、その痕跡は戦後七八年経った今もまだ沖縄に残されているのです。

年表では、さらに遡って、明治二七年の日清戦争から書きました。すでにその頃から、日本は台湾や遼東半島を領土にし、日本軍は日中戦争、太平洋戦争へと歩みを進めていたと考えられるからです。他国を侵略し領土を広げ、資源を獲得する。小さな島国で資源が乏しい日本が考えた戦略は、多くの人命と国土を破壊しました。侵略の目的は多少変わりましたが、昨今の世界情勢と日本の動向も同じような道を進もうとしているように思えてなりません。

太平洋戦争で亡くなった日本人は約三一〇万人。そのうち軍人・軍属は約二三〇万人。二三〇万人の内、本土で一〇万人、中国で五〇万人、南洋群島で一五〇万人、シベリア・樺太で七万人、沖縄では九万人の兵士が住民約一一万人と共に命を落としました。

このように、受け継ぐべき記憶は沖縄だけではないのですが、中でも沖縄には今も米軍基地があり、あの戦争の事実をはらんだまま、いま再び緊張が高まりつつあるのです。

沖縄には琉球王朝からの歴史と文化が残され、衣・食・住はもとより、歌や踊り、伝統工芸など、本土にはない独特の文化が受け継がれています。

一人でも多くの人に沖縄を訪れていただき、その歴史と文化を学び、戦跡を訪ね、戦争の記録を自分の記憶にして、生きる力に変えていってほしいと思います。そうして自分のものにしていくことが、次世代への継承になっていくと思うのです。

といっても、そんなに重苦しく構える必要はありません。沖縄へ行けば、青い空と海、美味しい食べ物、そして情の熱いウチナーンチュが待っていてくれますから。

年々戦争の記憶が遠くなる中で、体験者の方の言葉はますます貴重になり、平和な未来へのバトンとなります。後の時代から、今が戦前だったと言われないように、私はこれからも耳を澄ましてお話を聞いていこうと思っています。


おわりに、本書の作成に当たり小澤高子様には大変お世話になりました。聞き取りを始めた頃は、まだ新型コロナウイルスの感染拡大が収まっておらず、体調に気を付けられながら寒さの厳しい日も、酷暑の日も快くご協力をいただきました。ご家族の皆様にもご心配をおかけしたことと思います。改めましてこの場をお借りし心よりお礼申し上げます。

また、檀王法林寺の信ヶ原雅文ご住職には、聞き取りの場所を提供していただき、誠にありがとうございました。

そして、表紙の絵を書いてくださった仲山陽奈さん、ありがとうございました。仲山さんは平成生まれのまだ若い方です。原稿を読んでいただき、どんな苦難な状況でもいつも明るく前向きに生きてこられた小澤さんの生き方に共感するところがあったそうです。そこで、小澤さんの沖縄の実家にもあったガジュマルの樹の枝に腰掛け、青い海と空の向こうを見つめる少女を描いてくださいました。やさしいタッチで手に取っていただきやすいデザインになったかなと思います。

出版に当たり、戦争関係の書物を多数出版されている芙蓉書房出版の平澤社長様からは随所に適切なアドバイスをいただき、ようやくこうして出版に漕ぎつけることができました。本当にありがとうございました。

最後に、私が共同研究員として所属する京都府立大学文学部歴史学科の上杉和央先生には、二〇一五年に沖縄戦の調査を始めて以来、まだまだ十分な研究成果を出せておりませんが、常に温かく見守ってくださっており、この場をお借りして心より感謝申し上げます。

一日も早く、世界中から戦争がなくなりますように。

二〇二三年一〇月

奥谷　三穂

参考文献一覧

井戸まさえ『日本の無国籍者』岩波書店、二〇一七年
沖縄戦友なわの会有志『肝ぐりさおきなわ』沖縄戦友なわの会事務局、一九八八年
奥谷三穂「慰霊の記憶の継承における「場」と交流のしくみ―沖縄京都の塔から―」『京都府立大学文化遺産叢書第15集　沖縄の宗教・葬送儀礼・戦没者慰霊』二〇一九年
奥山恭子「戦後沖縄の法体制と戸籍の変遷」『横浜国際社会学研究』第一一巻三号、二〇〇六年九月
津覇實雄・津覇正子『私家版　真姓門中家譜』二〇〇一年
津覇正子『私家本　真氏系図から見る歴史』二〇一五年
野間浩二（談）、松尾光喜（文）、水谷隆央（絵）、『劇画ものがたり　19歳の沖縄戦』日本機関紙出版センター、一九八八年
浜井和史「復帰前沖縄の南洋群島引揚者による「慰霊墓参団」派遣問題」『京都府立大学文化遺産叢書第15集　沖縄の宗教・葬送儀礼・戦没者慰霊』二〇一九年
浜井和史「北の果てから南の島へ―北霊碑巡拝団の沖縄渡航とそのインパクト―」『二十世紀研究』第七号、二〇〇六年一二月
浜井和史『戦没者遺骨収集と戦後日本』吉川弘文館、二〇二一年

引用写真一覧

・一九五一年当時のサイパン島ガラパン町市街地図面（沖縄県立図書館所蔵）
・爆撃される那覇市内の様子（沖縄県公文書館所蔵）
・米兵に収容された住民が尋問を受けている様子（沖縄県公文書館所蔵）
・オリオン座の舞台（沖縄県平和祈念資料館所蔵）
・オリオン座のスターたち（沖縄県平和祈念資料館所蔵）
・茅葺きの小屋を再建する様子（沖縄県公文書館所蔵）
・戸籍整備法の写真、『情報』一九五四年度第六号、法務局民事課長久貝良順の文書（沖縄県公文書館所蔵）

会報・資料映像

・「だん王通信　各号」檀王法林寺住職信ヶ原雅文
・「二〇二三年第15回　平和な世界へ、沖縄からのメッセージ　ピースフルコンサート」パンフレット、檀王法林寺住職信ヶ原雅文、二〇二三年六月
・「京都沖縄県人会会報誌かりゆし」第八四号、八五号、八六号」京都沖縄県人会、二〇二二年三月、六月、九月
・「かんこうとちゃうねん」沖縄戦（於・太平洋戦争）戦後回顧重要記録資料映像、撮影・

VE編集　水谷隆央、体験回想話し　野間浩二、小澤高子他、昭和六一年作製

参考閲覧サイト

沖縄県公文書館　https://www.archives.pref.okinawa.jp/

沖縄県「平和の礎」刻銘者数一覧　https://www.pref.okinawa.jp/site/kodomo/heiwadanjo/heiwa/7623.html

那覇市歴史博物館　http://www.rekishi-archive.city.naha.okinawa.jp/

筆者の沖縄戦関連論稿

筆者は二〇一五年より京都府立大学上杉和央研究室の地理学実習に参加し、沖縄県宜野湾市の「沖縄京都の塔」を中心に沖縄戦の調査・研究を行ってきた。沖縄戦に関する主な論稿は次のとおり。

・「嘉数高地の戦いの記録と嘉数区慰霊祭」『二〇一五年度地理学実習現地調査報告書　与那原町』一〇一〜一〇七頁、「沖縄京都の塔について」同報告書一〇八〜一一九頁、京都府立大学文学部歴史学科文化遺産学コース、二〇一六年三月

・「沖縄戦における嘉数地区での住民の様子と嘉数高台公園周辺の慰霊碑調査」『二〇一六年度地理学実習現地調査報告書　八重瀬町』五六〜六四頁、京都府立大学文学部歴史学科文化遺産学コース、二〇一七年三月

・「慰霊碑建立の場と記憶継承のあり方に関する調査―嘉数高台公園の慰霊碑を中心に―」『二

〇一七年度地理学実習現地調査報告書　南風原町』八七～一一九頁、「「全学徒の碑」建立の経緯と記憶の継承」同報告書一四五～一四八頁、京都府立大学文学部歴史学科文化遺産学コース、二〇一八年二月

・「激戦地嘉数高地の戦いの下での住民の避難の状況」『二〇一八年度地理学実習現地調査報告書　糸満市』六四～六九頁、「仲村元惟氏の証言―北部への疎開体験と戦後の生き方―」同報告書七〇～七四頁、「梯梧之塔における慰霊のつどい」一〇六～一〇七頁、京都府立大学文学部歴史学科文化遺産学コース、二〇一九年三月

・「慰霊の記憶の継承における「場」と交流のしくみ―沖縄京都の塔から―」『京都府立大学文化遺産叢書第15集　沖縄の宗教・葬送儀礼・戦没者慰霊』一〇九～一三九頁、二〇一九年三月

・「沖縄における拝所の信仰―宜野湾市嘉数区・大山区・真志喜区の調査から―」『二〇一九年度地理学実習現地調査報告書　宜野湾市』三四～六四頁、京都府立大学文学部歴史学科文化遺産学コース、二〇二〇年三月

・「読谷村遺族会ヒアリング調査報告」『2022年度地理学実習現地調査報告書　読谷村』一二〇～一二四頁、京都府立大学文学部歴史学科文化遺産学コース、二〇二三年三月

著者

奥谷 三穂（おくたに みほ）

京都府立大学文学部歴史学科共同研究員
博士（文化政策学）
1957年岐阜県に生まれる。花園大学文学部仏教学科で禅学を学ぶ。京都府庁に入庁し様々な分野の行政に携わる中で、環境政策に９年間関わる。環境と文化の問題を追究するため京都橘大学大学院に社会人入学、2008年、博士（文化政策学）を取得。2010～2011年京都府立大学公共政策学部准教授。2015～2019年同大学地域創生教育プログラム特任教授。2020～2022年同客員教授。
著書：『環境・文化・未来創造―学生と共に考える未来社会づくり―』（芙蓉書房出版、2013年）、「建築という文化―京町家とブータンの文化の比較から―」（増田啓子・北川秀樹編著『町家と暮らし―伝統、快適性、低炭素社会の実現を目指して―』、晃洋書房、2014年）、『暮らしの景観　日本と中国の集落』（上杉和央と共編、臨川書店、2022年）

沖縄戦を生き抜いて
――小澤高子さんの記録――

2023年11月20日　第１刷発行

著者
奥谷《おくだに》 三穂《みほ》

発行所
㈱芙蓉書房出版
（代表 平澤公裕）
〒113-0033東京都文京区本郷3-3-13
TEL 03-3813-4466　FAX 03-3813-4615
http://www.fuyoshobo.co.jp

印刷・製本／モリモト印刷

ISBN978-4-8295-0869-5

【芙蓉書房出版の本】

神の島の死生学

琉球弧の島人たちの民俗誌

付録DVD『イザイホーの残照』

須藤義人著　本体 3,500円

神の島の“他界観”と“死生観”がわかる本。久高島・粟国島・古宇利島をはじめ、沖縄の離島の祭り、葬送儀礼を通して、人々が生と死をどのように捉えてきたかを探る。貴重な写真200枚収録。久高島の祭祀を記録したDVD付き。

チェンバレンの琉球・沖縄発見

山口栄鉄著　本体 1,800円

明治期の日本に滞在し、最も有名な日本研究家として知られるバジル・ホール・チェンバレンの琉球研究のエッセンス。半世紀にわたってチェンバレン研究を専門分野としてきた著者が、「チェンバレンの日本学」をわかりやすく解説。

世界の沖縄学　沖縄研究50年の歩み

ヨーゼフ・クライナー著　本体 1,800円

国際的な視点からの琉球・沖縄研究の集大成。中世ヨーロッパの地図に琉球はどう描かれていたか。琉球を最初に知ったのはアラブの商人だった。大航海時代にスペイントポルトガルが琉球をめぐって競争した。

アウトサイダーたちの太平洋戦争

知られざる戦時下軽井沢の外国人

髙川邦子著　本体 2,400円

軽井沢に集められた外国人1800人はどのように暮らし、どのように終戦を迎えたのか。聞き取り調査と、回想・手記・資料分析など綿密な取材でまとめあげたもう一つの太平洋戦争史。